寄生リピート

清 水 カ ル マ

幻冬舎文庫

寄生リピート

プロローグ

素肌の上に青い入院着だけをまとい、大きく股を開いたまま膝のところをベルトで固定された状態で、悠紀子《ゆきこ》は汗まみれになっていた。

激痛が波のように押し寄せては引き、引いては押し寄せるということがもう数時間もつづいていた。何度も失神しそうになり、苦しさのあまり頭がおかしくなりそうだ。

分娩室《ぶんべんしつ》の隅では、洋二《ようじ》が落ち着かなげにうろうろしている。そろそろニコチンが切れてきたのだろう、無意識のうちにタバコを取り出して口にくわえようとして看護師にたしなめられた洋二は、これから父親になろうという男とは思えないふてくされた態度で舌打ちをして部屋を出ていく。

その様子をあきれ顔で見送ってから、看護師が悠紀子に向き直った。

「さあ、もうちょっとよ。がんばりましょう」

悠紀子の手を握り、リズミカルな呼吸の見本を見せる。仕方なく悠紀子もラマーズ法の呼吸を繰り返した。

すぐにまた、身体を引き裂かれるような痛みが襲ってくる。こんな思いをするぐらいなら、子供なんてほしくない。

もともとほしくて作った子供ではない。あの日は普通の状態ではなかった。激情に任せて洋二と肉体を求め合い、避妊する余裕もなかったから妊娠してしまっただけなのだ。

まだ若い悠紀子は、これから生まれてくる我が子に対して愛情を持てないどころか、憎悪にも近い感情を抱いていた。

そのことを意識したとたん、一際強烈な陣痛が悠紀子を襲う。歯を食いしばり、呼吸法がおろそかになる。

「はい、今よ。そのまま息んで。がんばって」

悠紀子の母親ぐらいの年齢の女医が声をかける。

「いや……。もう、こんなのいや……。洋二……、洋二はどこ？」

視線を巡らせたが洋二の姿は見えない。タバコを吸いに行ってまだ帰ってきていないのだ。

「もう、あいつったら……ううっ」

低く呪いの声を振り絞った直後、頭の中が真っ白になるほどの激痛が悠紀子を襲った。全身が硬直する。

「途中で止めちゃだめよ。もう赤ちゃんが出てきたがってるんだから。さあ、もう一回息んで」

看護師の手を握りしめ、悠紀子は下腹部に力を込めた。

陣痛がさらに強烈になり、出産というイベントのクライマックスが迫ってきていることを感じさせた。

「頭が見えてきたわ。もうちょっとよ。がんばって」

自分の身体の中から、異物が出てこようとしている。女医がその異物の頭を引っ張っているらしい。身体の栓を抜かれる気分。同時に、生暖かい感触が下腹部にひろがった。

「生まれたわ」

看護師の高揚した声につづいて、赤ん坊の泣き声が聞こえた。全身から力が抜けていく。痛みで麻痺してしまっていた下半身に、少しずつ感覚が戻ってきた。悠紀子は分娩台の上で大きく股を開いたまま、ぐったりと脱力した。

「がんばりましたね。男の子ですよ」

血と羊水《ようすい》にまみれた赤ん坊の全身を素早くタオルで拭くと、女医はその小さな生き物を悠紀子の顔に近づけた。お尻の下に左手を置いて右手で背中を支えているので、小さなペニスが見える。

いったいどんな悲しいことがあったというのか、赤ん坊は全身を紅潮させて顔をしわくちゃにして、小さな拳を握りしめ、大声で泣き叫んでいる。

悠紀子は初めて目にする自分の分身に、おそるおそる手を伸ばした。そっと指先で頬を撫でると、微《かす》かに湿ったやわらかな肌の感触が、まるで自分の内臓に触れたかのように思えた。

「さあ、抱っこしてあげてください」

女医は悠紀子の胸の上に赤ん坊を置いた。生まれたばかりの赤ん坊を母親の身体と触れ合わすことで、免疫力を高めたり呼吸を安定させたりするなどの効果があると考えられているらしい。

うれしそうに微笑《ほほえ》みながら、看護師がじっと見下ろしている。悠紀子がよろこぶのを期待しているのだ。

仕方なく両腕で包み込むようにして〝息子〟を抱きしめると、それまで身をよじって泣き叫んでいた赤ん坊がいきなり泣きやんだ。

腫れぼったい瞼《まぶた》をぴたりと閉じ、涎《よだれ》にまみれた唇を陸《おか》に打ち上げられた魚みたいに開いたり閉じたりを繰り返している。

まさかそんなことはないだろうが、なにかしゃべろうとしているように見える。

「お母さんだってわかるんですよ」

女医が人の好さそうな笑みを浮かべた。胸の奥がむず痒い。これが母性というものなのだろうか？　そんなふうに言われると、ほんの少し、この見知らぬ生き物を可愛いと思う感情が、身体の奥から湧き上がってきた。

この子はあたしの子供なんだわ。数時間にも及ぶ陣痛で朦朧《もうろう》としていた意識が徐々にはっきりしてきて、母親になった感激が悠紀子を包み込む。

「初めまして。ママですよ」

汗で頬に張りついた髪をそのままに、悠紀子は優しく声をかけて微笑んでみせた。

その瞬間、赤ん坊は薄く目を開けて満足そうに笑った……ように見えた。同時にきつく握りしめていた小さな拳を開いた。なにか血のかたまりみたいなものが、悠紀子の顔の横にぽとりと落ちた。

考えるよりも先に悠紀子はそれを手の中に包み込むと、看護師には気づかれないように身体の下に隠した。

ちょうどそのタイミングで洋二が分娩室に駆け込んできた。

洋二は自分の子供の誕生を心からよろこんでいる。もともとお調子者だが普段以上にテンションが高く、産婦人科医たち相手に繰り返し礼を言い、赤ん坊の顔をのぞき込む。するとまた赤ん坊は、身をよじって全身で泣き声を発し始めた。

「元気な男の子ですよ」

看護師に言葉をかけられて、洋二は「やった！」と声を上げた。

なあ」

「悠紀子、よくがんばったぞ。そうか、男の子か。俺に似て、女泣かせな男前になるだろう

上機嫌で話している洋二の声を聞きながら、悠紀子はそれとなく手の中をのぞき込んだ。血のかたまりに見えたのは、小さなダイヤのピアスだった。不吉な予感が的中したのだ。

心臓が口から飛び出しそうなほど激しく暴れ始める。

おそるおそる視線を向けると、看護師に赤ん坊を抱かせてもらい、泣きじゃくる我が子をうれしそうに見つめている夫の姿があった。

1

目を開けると煌々《こうこう》と灯ったままの蛍光灯の光がまぶしくて、白石颯太《しらいしそうた》は慌てて顔を背けた。もう中学二年生になるというのに、颯太は部屋を真っ暗にすると眠れない。怖がりだと友達には馬鹿にされるが、部屋の明かりを消したとたん、闇の中にひとり取り残されたような恐怖に襲われるのだ。ひょっとしたら、幼いころになにか怖い思いをした経験でもあるのかもしれない。

颯太は横になったまま手を伸ばして枕元の時計を手に取った。

時間は朝の五時過ぎだ。熱帯夜の寝苦しさを少しでも緩和させようと開けっ放しにしてある窓の外はまだ暗い。

ベッドの上で身体を起こすと、全身が汗まみれでTシャツが肌に張りついていた。それは蒸し暑さのせいだけではない。また怖い夢を見ていたためだ。

数ヶ月前から、颯太は悪夢に悩まされていた。だが、それがどんな内容の夢なのかは思い出せない。目を覚ましたとたん、テレビのスイッチを切ったようにプツンと消えてしまう。

ただ、怖い夢を見ていたことだけははっきりと覚えていた。

意識が覚醒してくるに従って、颯太は目を覚ましたきっかけを思い出した。

そうだ、確か大きな物音が聞こえた。あれは玄関のドアを乱暴に閉める音だ。その音が颯太を眠りの中から引きずり出したのだ。

お母さんが帰ってきたみたいだ。

颯太の母、白石悠紀子はふたりが暮らすこのマンションの地下一階でスナックを経営していた。カウンター席しかなく、客が七人入ればいっぱいになってしまう狭い店だが、めったに満席になることはない。当然、従業員は悠紀子ひとりだけだ。

営業時間はまちまちで、悠紀子が酔いつぶれればそのまま閉店となるのが常だった。

今夜もまた相当酔っぱらっているのだろう。さっきの乱暴なドアの閉め方からもそれがわかる。

颯太はベッドの下の引き出しから新しいTシャツを取り出し、浴室に向かった。Tシャツを着替えて、汗に濡れたほうは洗濯機に放り込んだ。

洗面台で口をすすぎ、水を一口飲んでからトイレに行き、自分の部屋に戻ろうとして颯太は廊下の途中でふと足を止めた。

廊下を挟んで颯太の部屋とは反対側、リビングルームの奥が悠紀子の部屋だ。閉めると暑いからだろうか、引き戸は開けっ放しになっている。

その向こうから妙な声が聞こえる。嘆き悲しんでいるような、満足げに唸《うな》っているような声。ひょっとして、今夜もまた……。

胃が迫り上がってくるような、いやな感覚があった。早く自分の部屋に戻ろう。朝までもう一眠りするんだ。そして、悪い夢を見ただけだと思い込もう。

そう自分に言い聞かせながらも、颯太はなにかに手繰《たぐ》り寄せられるようにして、暗いリビングルームの中をふらふらと悠紀子の部屋のほうに向かった。

扉の陰に脚が見えた。剝き出しの四本の脚が絡まり合っている。

これ以上近づいてはいけないと思いながらも、颯太の身体はひとりでに動いてしまう。

七階なので他の家からのぞかれる心配もないからか、悠紀子の部屋のカーテンは開けっ放しで、窓からは、いつの間に夜が明けたのか弱々しい朝日が部屋の中に射し込んできていた。

ベランダの柵にとまった雀が軽やかに囀《さえず》って朝の訪れを報せ、その鳴き声に女の悩ましい喘《あえ》ぎ声が絡みつく。もちろん、それは母の声だ。

颯太は奥歯を強く嚙みしめながら、部屋の中をのぞき込んだ。

白い肌が波打つように動いている。窓の外から入り込んでくる朝日を浴びて、それは妖しく光っている。蛇にも似た、なめらかな動き。悠紀子が男に跨《またが》り、身体を前後に揺り動かしているのだ。颯太は胸が破裂しそうに感じた。

見てはだめだ。さあ、早く自分の部屋へ戻れ。そう心の中で自分に囁《ささや》きかけてみても、身体は言うことを聞いてくれない。

悠紀子は長い髪を掻き上げて、適度に脂肪のついた女体を悩ましく、くねらせる。その動きに合わせて男の低い声が、獣のように不明瞭な言葉を発している。

悠紀子の下に横たわっているのは、スナックの常連客である園部《そのべ》浩介《こうすけ》という男だ。園部は過去に何度もこの部屋に泊まりに来ていた。颯太が朝起きると、キッチンの椅子に座り、まるで自分の家にいるみたいにリラックスした様子でタバコを吸いながら新聞を読んでいたりするのだ。

酔っぱらった悠紀子が話してくれたところによると、園部はトラックの運転手をしているらしい。仕事柄、筋肉が隆々《りゅうりゅう》と盛り上がった逞《たくま》しい腕をしている。マッチ棒のように細い颯太の腕とはずいぶん違う。

ふたりがどういう関係なのかはだいたいわかっていたが、実際にその光景を目にするのは初めてのことだ。

猛烈な怒りがこみ上げてくるものの、颯太にはどうすることもできない。颯太にできるのは、ただ拳を強く握りしめることぐらいだ。

そのとき、不意に右の手のひらに熱を感じた。何気なく拳を開いてみると、皮膚が引き攣《つ》れている。古い火傷《やけど》の痕のように見えるそれは、物心ついたときから、颯太の身体に刻まれていた。覚えていないぐらい昔に、火傷をしたのだろう。だが、こんなふうに疼《うず》くのは初めての経験だ。

戸惑っていると、気配を感じたのか悠紀子が振り返った。つられるようにして顔を上げた颯太と目が合う。

悠紀子は頬が湯上がりのように火照《ほて》り、軽くウェーブした栗色の長い髪が、強風に煽《あお》られたみたいにくしゃくしゃになっている。

その髪に半分覆われるようにして、赤ん坊のころは颯太のものだったはずのやわらかなふくらみが、荒い呼吸に合わせて揺れている。

「なに見てるのよッ。色気づきやがって。あたしが男と寝ちゃいけないっていうのかい。この疫病神ッ」

尖った声を張り上げると、悠紀子は園部の上に跨がったまま枕元に置いてあったミネラルウォーターのペットボトルをつかみ、颯太に向かって投げつけた。

颯太の頰をかすめて壁に当たり、ペットボトルから水が飛び散った。

その飛沫《ひまつ》を浴びて、颯太の身体の呪縛が解けた。無言で自分の部屋に逃げ帰った颯太はベッドに飛び込み、タオルケットを頭から被って両手で耳を塞いだ。それでも男女の荒い吐息が交わされる気配までは消し去ることはできなかった。

酔っぱらっているときのお母さんは好きじゃない。だけど、客を相手に酒を飲むのが仕事なんだ。そうやって僕を育ててくれているんだから、責めることはできない。もしもお父さんが生きていてくれたら、お母さんもあんな仕事をしなくて済むのに……。

父親は颯太が五歳のときに死んだと聞かされていた。

どういう仕事をしていたのか、どんな人だったのか、なぜ死んだのか、悠紀子はなにも話してくれなかった。

それどころか颯太が父親について訊ねると、とたんに不機嫌になり、ヒステリックに金切り声を張り上げたり物を投げつけたりするのだ。よほど思い出したくないことがあるのだろう。

悠紀子がいやがるのなら、無理に知りたいとは思わない。ただ、こんなとき、父親が生きていてくれたら母は酔客《すいきやく》の相手をする必要もなく、ましてや寂しさに任せて男を連れ込んだりすることもないだろうと、つらい気持ちになるのだった。

だが、この気持ちの源は、本当に父親の不在だけが原因なのだろうか？　あの男の代わりに父親が母を抱いていたとしても、やはり颯太は同じように嫉妬してしまう気がする。颯太は悠紀子を誰にも触らせたくないのだ。

耳を塞いだまま目を閉じると、さっき見た光景が瞼の裏に蘇ってきた。汗の浮いた悠紀子の白い裸体が妖しくうごめいている。火照った顔。やわらかく隆起したふたつの乳房。濡れた唇。どこか焦点の合っていない大きな瞳……。

ベッドにうつぶせに横たわっていた颯太は、不意に自分の股間に変化が生じるのを感じた。ハーフパンツの中で肉体の一部が硬く力を漲《みなぎ》らせていく。戸惑いながら手を触れると、痺《しび》れるような快感が身体を駆け抜けた。

同時に猛烈な罪悪感がこみ上げてきた。母親が裸で男と肉体を重ね合っている場面を見て、興奮してしまったのだ。そのことに戸惑いながらも、股間の強張りに受ける快感は強烈だった。

颯太は股のあいだに腕を挟み込んだまま、胎児のように身体を丸めた。その体勢で腕を上下に小刻みに動かした。こうすれば気持ちいいということに最近気がついたばかりだ。

耳を澄ますと、ドアの向こうから微かに母の息づかいが聞こえてくる。

目を閉じて悠紀子の裸を思い出しながら、颯太は腕を擦《こす》りつけつづけた。快感は徐々にむず痒さに変わっていく。颯太の頭の中で悠紀子が悩ましく身体をくねらせ、媚びを含んだ笑顔を向ける。

自らの意志とは無関係に、股間に押しつける腕の力はさらに強くなり、動きも激しくなっていく。太股でしっかり腕を挟み込む。颯太の男の部分が押しつぶされそうになり、それがたまらなく気持ちいい。

やめようと思いながらも、自分を止めることはできなかった。

颯太は腕をさらに強く押しつけた。激しい性衝動が身体の底から断続的に突き上げてくる。全身に力が漲り、筋肉が硬直する。

あっ……。

なにかが尿道を駆け抜ける。同時に頭の中に白い火花が散り、いくつもの場面がフラッシュバックした。それはさっき目を覚ます直前に見ていた悪夢と同じ情景に思えたが、ほんの一瞬のことだったのではっきりしない。

気がつくと下着が濡れていた。もちろん、それは小便ではない。粘ついた生暖かい感触が下着の中を汚していた。

これって……。

知識としては持っていたが、経験したのは初めてだ。颯太は猛烈な後悔を覚えた。こんなことをするべきじゃなかった。

子供から大人へと自分が大きく変わってしまう予感に恐怖にも似た感情を覚え、熱い思いを放出して急激に冷静になっていく意識の中、颯太は自分が取り返しのつかない一歩を踏み出してしまったことを感じた。

2

日差しがやけにまぶしかった。明るい朝日の下を歩くには、今の自分は相応《ふさわ》しくない。今朝の出来事が、颯太の心に暗くのしかかっていた。

足早に追い越していく通勤通学の人々の背中を、颯太はぼんやりと眺めた。彼らは皆、颯太のことを嫌い、避けようとしているかのようだ。

こんな情けない気分は初めてのことだった。そのくせ、今朝の出来事を思い返しただけで、学生ズボンの奥にむず痒い感覚が大きくなってくる。自分の性器から未知の体液が噴き出した際の、痺れるような快感の記憶が身体の芯を震わせる。

気がつくと、颯太の肉体の一部がまた硬くなり始めていた。同時に、猛烈な罪悪感がこみ上げてくる。

母親のことを思いながらあんなことをするなんて、僕は人間として欠陥があるんじゃないだろうか。何度も繰り返し考えたそんな思いが、颯太の意識の中で渦を巻く。

背後で自転車のベルの音が聞こえた。ぼんやりしていたため、知らず知らずのうちに道の真ん中を歩いていた。

慌てて端によけたが、それでもまだベルはしつこく追いかけてくる。

いったいなんなんだよ。振り返ろうと足を止めた颯太の前に回り込んで、自転車が甲高いブレーキ音を響かせて停まった。

自転車の前カゴには、テニスのラケットと黒い学生鞄が無造作に入れられている。

「どうしたの？　朝から疲れ果ててるじゃない」

爪先立ちの状態で、池谷朱里《いけたにあかり》が明るい声で言った。特に裾を短くしているわけではないだろうが、サドルに腰掛けているために濃紺のプリーツスカートの下から健康的に日焼けした太股がのぞいている。

思わず颯太は目を逸らした。小さなころからの付き合いだが、今まで朱里をそんな目で見たことは一度もなかった。今朝の出来事が颯太にあらゆることを性的なイメージでとらえさせていた。

「なんでもないよ。ゆうべ遅くまでテレビを見てたから寝不足なだけさ」

わざと無愛想に言うと、颯太は自転車の脇を擦り抜けて歩き始めた。

「相変わらず態度悪いね。昔は可愛かったのに。学校まで乗っけてってあげるよ。ほら、後ろに乗って」

朱里が再び前に回り込んで、自転車を停めた。

颯太がよろこんで乗るものだと疑いもせずに、荷台を顎で示して視線で急かす。

いつもは颯太のほうから勝手に飛び乗ったりして、強引に学校まで二人乗りさせてもらっていたので、今日に限って拒否したら変に思われることだろう。

「じゃ、運転手さん。学校までよろしく」

鞄を胸に抱えると、颯太は大きく脚を開いて荷台に跨った。

朱里がむんっと力み、自転車が静かに動き始める。小学生のころからよく後ろに乗せてもらっていたので、朱里は二人乗りが上手だ。ほとんどバランスを崩すことなく、徐々にスピードを上げていく。

さっき颯太を追い越していった人たちを、二人乗りの自転車が追い越していく。風を頬に感じると、気分が少し楽になった。颯太に元気がなかったので、朱里はこうやって元気づけてくれているのだ。

同じマンションの同じフロアに住んでいるので、朱里とは小さなころからよく一緒に遊んでいた。缶蹴りや鬼ごっこ、少し大きくなってからはサッカーをしたりして遊んだ。異性というよりは、仲のいい友達といった感じだった。

それが中学校に上がってからは朱里がテニス部に入ったこともあり、ずっと同じクラスだったのに共に遊ぶことはほとんどなくなっていた。それでも、たまにこんなふうに朝の通学で一緒になることがあった。

川沿いの道をまっすぐに進むと、車通りの激しい道と交差する。そこを右に行くと颯太たちが通っている中学校があり、左に行くとすぐ近くに地下鉄の駅があるため、電車を利用するサラリーマンと通学中の生徒たちで道はいっぱいだ。

その人混みを縫うようにして、朱里は軽快に自転車を走らせる。

風が身体の中を擦り抜けていき、母親の情事を目撃したことと、その妖艶《ようえん》な姿態を思い浮かべながら自慰をしたことに対する罪悪感が背後に吹き飛ばされていく。

「今日は新記録を出しちゃおうかな」

颯太の気持ちの変化が伝わったのだろうか、朱里はサドルから尻を上げ、立ち漕ぎでさらにスピードを上げようとする。

目の前で左右に揺れる朱里の小さな尻がまぶしい。思わず背けた颯太の目が、通行人の中のひとりの女性の視線と重なった。

「ちょっと、そこのふたり、止まりなさい！」

その女性は反射的に大声を出した。

まわりの通行人が一斉に注目し、朱里はペダルの上に立ったままブレーキをかけた。タイヤがアスファルトの上を滑った。

停止した自転車はゆっくりと左に傾いていき、朱里と颯太は同時に地面に足をついた。

「秋山《あきやま》先生かぁ、タイミング悪いな」

朱里がそっぽを向いたまま言った。

「二人乗りは道路交通法違反よ。それにあんなに飛ばしたりして、あぶないじゃないの。他の人にぶつかったりしたらどうするつもりなの」

秋山美穂《みほ》が駆け寄り、朱里に注意した。

ベージュ色のロングスカートに白いブラウス。黒い革製のトートバッグを肩から下げている。美穂は颯太と朱里のクラスを担任している女教師だ。

担当科目は国語で、年齢は三十歳ちょうど。一年前、今年は二十代最後の年だとさんざん自分で言いふらしていたので、生徒たちはみんな美穂の年齢を知っていた。知性的な見た目とは裏腹のそんな飾らない性格が、生徒たちから好かれる要因のひとつだ。

「ほら、白石君もいつまで荷台に乗ってるつもり？　あなたは荷物じゃないでしょ。さっさと降りて、ちゃんと自分の足で歩きなさい」

そう言われて颯太は自分が朱里の後ろに座ったままだったことにようやく気がつき、慌てて飛び降りた。反動で朱里が少しぐらついた。

頬にかかった長いストレートの黒髪を手で軽く払いのけ、美穂が颯太を睨みつけた。眉間《みけん》に皺が寄せられているが、本気で怒っているのではないということはわかる。案の定、すぐに曖昧な笑顔になった。

「それに普通、逆じゃないのかしら。男の子が運転して女の子が後ろに乗せてもらうものでしょ」

「いいんです。私たちは、そういう軟派な関係じゃないですから。それにこの人は自転車に乗れないんです。だから毎日、片道二十分も歩いて学校に行き来しているかわいそうな人なんです」

「自転車に乗れないの？」

美穂が不思議そうな顔をした。

もちろん小さいころに自転車に乗る練習はしたが、ハンドルを握るとなぜだか身体が硬直してしまい、一メートルも前に進むことができなくて結局あきらめてしまったのだ。

そのことが恥ずかしくて、颯太は顔を背けた。美穂が慌てて場を繕うように言った。

「まあねえ、仲がいいのはいいことだけど」

「別に仲はよくないですから」

朱里の言い方はいちいち棘《とげ》がある。

「ま、いいわ。とにかく、二人乗りはだめよ。わかったわね」

苦笑しながらそう言うと、美穂は学校に向かって歩き始めた。

「なんかいやな感じ。秋山先生は絶対に颯太君に気があるよ」

もう声が聞こえないだろうというぐらい離れてから、美穂の後ろ姿を睨みつけながら朱里がふてくされた口調で言った。

「なに言ってんだよ。そんなわけないだろ」

想像力豊かな幼なじみの推測を、颯太は笑い飛ばした。

秋山美穂は教師であり、同時に大人の女性なのだ。朱里は知らないだろうが、男子生徒たちはみんな美穂のクラスに入りたがっている。そんな美穂が中学二年生で、まだ声変わりもしきっていない颯太のことを好きになるわけがない。

「秋山先生に叱られたから、いい子の颯太君はもう二人乗りはしないんでしょ？　じゃあ、私は先に行くね。あなたはひとりでとぼとぼ歩いてきなさい」

皮肉っぽく言うと、朱里は颯太の返事も待たずに自転車で走り去ってしまった。

「なに怒ってるんだよッ」

痴話喧嘩みたいなやりとりでまわりの注目を浴びていたことに気がついた颯太は、照れ隠しに、誰に向かってというわけでもなくそう吐き捨てた。

3

カウンターの一番奥の席に座った園部は、恨めしげな気分で大久保秀男《おおくぼひでお》の横顔を睨みつけた。

無意味に太った大久保がいるだけで、それでなくても狭い店内がとても窮屈に感じられる。太りすぎて身体の隅々まで神経が行き届いていないのではないかと思える大久保は、当然のことながら園部のそんな視線には気がつかない。

「実は今日はママにプレゼントがあるんだ。商店街の親睦を兼ねたゴルフコンペの賞品なんだけどね」

大久保が上機嫌で言いながら、ポケットから小さな箱を取り出してカウンターの上に置いた。悠紀子がちらっと園部に視線を向ける。受け取っても妬《や》かないかと問いかけているのだ。園部は大久保に気づかれないように唇の端をわずかに下げて、そっぽを向いた。好きにすればいいという意思表示だ。

少しほっとした表情を浮かべた悠紀子が、いつもの百戦錬磨の女主人に戻って軽口を叩く。

「あたしなんかよりも、奥さんにあげたほうがいいんじゃないの」

「俺は釣った魚には餌をやらない主義なんだよ」

「じゃあ、今度は私を釣ろうって魂胆なのね」

悠紀子が鼻で笑うと、大久保はむきになって身を乗り出し、プレゼントを悠紀子の手に握らせた。

「そうだよ。俺だって、ママのことを狙ったっていいだろう。俺はチャレンジ精神旺盛なんだよ。さあ、開けてみてよ。実は俺も中身がなんなのか知らないんだ。ただ女性向けってこと以外はさ。だけど、けっこう値の張る物らしいよ」

小さな箱だ。おそらくアクセサリーだろう。さっきまでアルコールの酔いで濁っていた悠紀子の目がきらきら輝いている。

女はいくつになってもプレゼントをもらうのが大好きだ。園部もこの店に通い始めのころは、香水やバッグなど、いろいろ貢いだが、男女の関係になってからはプレゼントをするどころか、ちょっとした食事代でも悠紀子に払わせていた。

そのことに対する抗議の気持ちもあるのか、悠紀子は大袈裟によろこんで包みを開け始めた。リボンを外して箱を開けると、ブランド名が書かれた小さな緑色の巾着袋《きんちゃくぶくろ》が現れた。ネックレスだろうか？

「さあ、なにが出るかしら」

大久保に向かってにっこりと微笑んでから、悠紀子は巾着袋の中身を手のひらの上に出した。とたんに悠紀子の顔が強張った。

その反応に焦った大久保が悠紀子の手元をのぞき込んだ。園部も首を伸ばした。小さなハートがふたつ、銀色に輝いている。

園部にはそれの価値はわからないが、どっちにしろ悠紀子にとっては必要のないものだ。

「お、いいじゃん。ママに似合いそうだよ、そのピアス」

馴染《なじ》みの客はみんな悠紀子がピアスをしないことを知っていると思っていたが、大久保は心底、間の抜けた男だ。そんなことでは悠紀子を落とすことなど、百年かかっても無理だろう。

「そんなのもらったって、ママがよろこぶわけないだろうが」

園部が言うと、大久保は針でつつかれたように勢いよく振り返った。

「どういう意味だよ？」

思い切ってプレゼントしたというのに予想と違う反応があって、気分を害したらしい大久保は顔を真っ赤にして立ち上がった。

「ちょっとちょっと。大久保さん、落ち着いてよ」

「だけど、この野郎がさあ」

「そう興奮しないで。園部さんも悪気があって言ったわけじゃないんだから」

悠紀子は苦笑しながら長い髪を掻き上げてみせた。大久保が身を乗り出して悠紀子の左耳をじっと見た。

美人は身体のどのパーツも美しいというのが、園部の持論だ。しかし、悠紀子の耳に限っては、それに当てはまらなかった。左の耳たぶがあるはずの部分が、動物に噛みちぎられたようなグロテスクな痕跡を残して、なくなっているのだ。

「あたし、左の耳たぶがないの。片方だけつけるのも変だから、ピアスはつけないことにしてるのよ」

さっきまでの上機嫌が嘘のように、悠紀子の声は陰気に響いた。「おお」と曖昧な言葉を発して大久保が椅子に腰を下ろした。

「それに、このデザインはちょっと若すぎるし、他の娘《こ》にあげたほうがよろこんでもらえるはずよ」

悠紀子が柄にもなく気を遣って言葉をつづけた。

「うん、そうか」と納得したようなしないような大久保だが、なぜ左の耳たぶがないのか訊こうとはしない。悠紀子の全身から漂う気配が質問を拒否しているのだ。

何度もベッドをともにしている園部でさえも訊ねたことはなかった。耳たぶの話題はタブーだった。

店の中が急に湿っぽくなった。有線の曲が、女の悲しみを歌ったバラードに変わったからでもないだろうが、このままだと悪酔いしてしまいそうだ。今夜はそろそろ潮時かもしれない。

「ママ、お勘定」

「おっ、今夜はもう退散かい？」

園部が立ち上がると、悠紀子よりも早く大久保が反応した。自分の失態から話題を逸らそうと必死なのだ。

「園部さん、もう帰っちゃうの？」

悠紀子が名残惜しそうに、酔いに潤んだ瞳を向けてくる。

「まあね。明日、早いんでね」

園部は壁に背中を押しつけるようにして大久保の後ろを擦り抜けた。大久保は相撲取り並みの巨体だ。カウンター席しかない狭い店なので、後ろを通り抜けるだけで一苦労だった。

「俺は昼からだ。なんなら休みにしたっていい。自営業は気楽なもんだよ」

歌でも歌うみたいに大久保が言った。ピアスのプレゼントを馬鹿にされた仕返しのつもりらしい。

大久保は近所の商店街で布団屋《ふとんや》を経営しているが、布団などそうそう売れるものではない。おまけに徒歩二十分ぐらいのところに寝具も取り扱う大型スーパーができたために、よけいに客が減り、最近では開店休業の毎日だ。

もっとも、親がアパートをいくつか持っていて、家賃収入だけで充分に暮らしていけるらしい。ろくに働かずに食って飲んで寝て、と繰り返しているからこんなに体重が増えてしまったのだろう。

商店街が近いために、大久保の他にも悠紀子の店の客には商店会の人間が多い。というより、商店会のたまり場になっていると言ってもいいぐらいだ。そんな中で、ぶらりと飛び込みで店に入ってきた園部は異端だった。

おまけに悠紀子との関係を薄々感づいているらしく、園部のことを快く思っていない者も多い。深夜に客たちの酔いがピークに達すると、ときどき露骨に園部に絡んでくるやつもいるぐらいだ。

尻ポケットから財布を取り出し、金を悠紀子に渡しながら横目でうかがうと、もともとそんなに酒に強くない大久保は首まで真っ赤になり、だらしなく表情を緩めている。

園部が帰れば、店にはママである悠紀子と大久保だけになる。美人ママを独占できることがうれしくて仕方ないのだろう。

もっとも、大久保みたいに間の抜けた男が悠紀子と深い関係になることはあり得ない。

「もう帰っちゃうの？」とさっきカウンターの中で言った悠紀子の残念そうな顔を見れば、

そのことは明らかだ。この女は俺に夢中なのだ。

ふん。醜く太った豚のくせに、悠紀子に好意を寄せるなんて生意気なんだよ。園部は誇らしい思いに、つい顔がにやついてしまうのを感じた。

「あぶないッ」

悠紀子が小さく悲鳴を上げた。出口に向かおうとして足が滑り、園部はとっさに壁に手をついていた。

「どうした？　酔っちまったか？」

大久保が面白そうに言う。園部は無視した。床が濡れている。さっき大久保が店に入ってきたときに、濡れた犬のように辺りに雨水を撒き散らしたのだ。

園部が店に来たときはまだ豪雨というほどではなかったが、夕方に見たニュースの天気予報によると、その時点で台風は近畿地方に上陸していて、そのまま日本列島を縦断しそうだということだった。

天然パーマの気象予報士が、東京を通過するのは夜半過ぎだと言っていたから、ちょうど今ごろは、外は相当強い雨が降っているのだろう。

店内には有線の音楽がかかっていたからわからなかったが、戸口まで来ると扉の向こうで風が荒々しく唸っているのが聞こえた。

「うちに泊まっていけばいいのに」

カウンターをくぐって出てきた悠紀子が、大久保には聞こえないように耳元で囁いた。悠紀子の部屋は、このマンションの七階にある。最近では飲みに来た夜はたいてい閉店までいて、悠紀子の部屋に泊まるというパターンだ。

本当だったら、今夜もそうするつもりだった。台風は夜のうちに東京を通過し、朝になれば台風一過の快晴になっていることだろう。まさかこんな悪天候の日に他の客が来るとは思ってもいなかったので、早々に店じまいさせて階上の部屋にしけ込めばいいと思っていた。それなのに……。

おまえなんか、家でトドのような女房相手に焼酎でも飲んでればいいんだ。園部は恨みがましい目で、カウンターに向かってバーボンのオン・ザ・ロックを舐めている大久保の背中を見つめた。

すでに別の店でさんざん飲んできたのだろう、大久保はもう泥酔状態だ。それでも園部の視線を感じないわけはない。悠紀子と園部の関係を知りながら、わざと邪魔してよろこんでいるのだ。

腹立ちの思いを込めて睨みつけていると、その視界を遮るように身体を移動させて、悠紀子が園部の手の中に素早く一万円札を握らせた。さっき園部がカウンター越しに渡した金額よりもずっと多い。

悠紀子は淫靡《いんび》な笑みを浮かべてウインクをしてみせた。大久保に気づかれないうちに、早くしまえという合図だ。

園部は素知らぬ顔をして、金をポケットにねじ込んだ。

「なんだったら、先に部屋に行っといてくれてもいいのよ」

また小声で囁く。大久保が聞き耳を立てているが、会話の内容までは聞き取れないだろう。

数週間前に合い鍵をもらっていた。しなだれかかるようにして、園部の分厚い胸にそっと手を置く悠紀子の濃厚な色香に後ろ髪を引かれる。

「やっぱり今日はやめとくよ。本当に明日は朝が早いんだ。だから今夜はぐっすり眠っておきたくてさ」

それは嘘ではない。だが、それだけが理由ではなかった。園部の心には引っかかっていることがあった。

「そう。じゃあ、また電話してね。外はすごい風だから気をつけて」

悠紀子が媚びを含んだ笑みを浮かべた。いい女だ。歳は三十七歳と、園部より七つも上だが、美人は実際の年齢よりもずっと若く見えるものだ。この女だったら、一緒に連れて歩いても恥ずかしくはない。

園部は悠紀子の手をそっと握った。悠紀子もすかさず握り返してくる。最近、悠紀子は暗に将来のことを匂わすようになっていた。もっとも、そこまで深入りするつもりはない。相手は子持ちだ。もともと単なる火遊びのつもりだったのだ。

それにあの子供が問題だ。中学二年になるという颯太の存在が、どうにも鬱陶しかった。そういう年頃なのか、妙に思い詰めた雰囲気があり、園部を心の底から嫌っているのをひしひしと感じる。

まだ親離れができていないのだろうが、憎しみのこもった目で見られるのはやはりいい気はしない。

だが、この女にはまだ当分は楽しませてもらうつもりだ。シングルマザーだし、店は特に繁盛しているふうでもないのに、なぜだかかなりの貯金があるようなので、残らず巻き上げてやろうと思っていた。

「じゃ、おやすみ」

悠紀子から傘を受け取ると、園部は扉を肩で押して外に出た。階段を駆け上がり、素早く傘を差したが、いきなり強烈な雨がそれを叩いた。

雨だけではなく風も強い。横殴りに降りつける雨の前では、傘など差していてもほとんど意味はなかった。

「ちくしょう。やっぱり泊まっていったほうがよかったかもしれないな」

格好をつけて出てきた手前、今さら戻るわけにもいかない。あきらめた園部は傘を畳み、吹きつける雨風を正面から受けながら歩き始めた。

園部のアパートは、ここからそんなに遠くはない。神田川沿いの遊歩道を歩いていけば、十分弱で着く距離だ。

九月の半ばとはいえ、まだ真夏のような熱気がつづいていた。濡れて帰っても、すぐにシャワーを浴びれば問題ない。酔い覚ましにちょうどいいぐらいだ。

園部は傘を杖代わりにして歩いた。辺りが白く煙るほどの強い雨に打たれていると、徐々に気分が高揚してくる。そうしているあいだにも雨はさらに激しさを増してくるようだ。

遊歩道を歩く園部の足元も、まるで川のように水が流れている。進行方向の左手側を並走するフェンスの向こう側が神田川だ。だが今、水位はほとんど遊歩道の高さまで近づいている。

普段は底のほうにほんの数十センチほどしか水が流れていない神田川が、今夜は手を伸ばせば触れられそうなほど水嵩《みずかさ》を増し、泥水が荒々しい音を響かせていた。

見上げると新宿高層ビル群は完全に雨雲に覆われ、蜃気楼《しんきろう》みたいに薄ぼんやりとした明かりが滲《にじ》んでいるだけだ。世界の終わりが迫っているかのようで、年甲斐もなく少年のように心をくすぐられてしまう。

　風速何メートルなのかはわからないが、ときおり身体が浮き上がりそうになる。シャワーのような雨に打たれて、アルコールの酔いは醒めていったが、それとはまた違った陶酔感《とうすいかん》が園部の内から湧き上がってきていた。

「こいつは気持ちいいや」

　立ち止まった園部は真っ黒な空を見上げ、両腕をひろげて、雨と風を全身に受けとめつづけた。

　そのとき、背後に人の気配を感じた。驚いて振り返ると、すぐ後ろに黒いレインコートを着た小柄な男が立っていた。

　フードを目深に被っているし、雨の飛沫に霞み、その顔ははっきりとは見えない。だが、じっとこちらを見つめているようだ。

　せっかくいい気分だったのに……。恥ずかしさと腹立たしさに舌打ちして、その場からそそくさと立ち去ろうとする。しかし、肩に硬いなにかが押し当てられて、園部は思わず立ち止まった。

「ご機嫌だな」

　川の流れの轟音《ごうおん》に掻き消されそうになりながらも、嘲笑を含んだ声が微かに聞こえた。気恥ずかしい姿を見られただけでなく、そのことを冷やかされて、もともと短気な園部の腹の中で苛《いら》つきが一気に騒いだ。

「あん？　なんか文句あんのか」

園部が振り返ろうとすると、肩に当てられていたものが横にすっと遠ざかり、次の瞬間、風雨を切り裂き、唸りながら園部の側頭部を猛烈な勢いで直撃した。

甲高い音とともに、ぐらりと身体が大きくよろめいた。硬い物の正体は金属バットだった。たまらず逃げようとしたが、脳震盪《のうしんとう》を起こしているらしく身体の自由がきかない。川沿いのフェンスに顔面から突っ込むようにして、もたれかかる。殴られた箇所が燃えるように痛い。

園部の命の危機を報せるかのように、いきなりサイレンが鳴り始めた。

以前は大雨が降るとよく、この辺りは神田川が氾濫していた。そのたびにこんなふうにサイレンが鳴り響いていたものだ。

今もまた、久しぶりに川の水が警戒水位を超えたのだろう。

「お……おまえ、どういうつもりだ？」

「邪魔なやつには消えてもらうんだよ」

男は園部の腰の辺りをつかんで持ち上げる。なにをしようとしているのかわかったが、どうすることもできない。腕力には自信があっても、耳の奥をやられて身体がうまく動かないのだ。

「やめろ！　やめてくれ！」

園部の哀願などまったく耳に入らないかのごとく、男は園部の脚を高く抱え上げ、そのままフェンスの向こう側に落とそうとした。

園部は身体の半分が川のほうに落ちかけながらも、必死にフェンスにしがみついた。

「だ、誰か、助けてくれ！」

大声で助けを求めたが、川の流れと、雨の音、そしてサイレンの音に掻き消されて園部の悲鳴は誰にも届きそうにない。

それでも今の園部にできることは、ただ必死にフェンスにしがみついて助けを求めることだけだ。

「もういい加減にあきらめたらどうだ」

嘲るような無邪気な声。フェンスをつかむ園部の手を、金属バットの先端で押し剝がそうとする。

「こんなことをして、なんになるっていうんだ？」

園部が必死に声を振り絞ると、男がおかしくて仕方ないといった様子で笑い出した。腹を抱え、身体をよじって笑いつづける。狂気を感じさせる異常な笑い方だ。現実的な恐怖が園部の身体をさらに萎縮させた。

笑いすぎて苦しそうに喘ぎながら男が言う。

「往生際の悪いやつだな。さあ、さっさと泥水に流されてしまえよ。そして、永遠に悠紀子さんの前から消えるんだ」

「……悠紀子？　お、おまえは……」

フェンスをつかんだ手が雨で滑る。限界はすぐに訪れ、ステンレス製のフェンスは無情にも園部の手から滑り抜けていった。悲鳴を上げる間もなく濁流に飲み込まれ、園部の意識は泥水の中に沈んでしまった。

4

昨夜の嵐が嘘のように空は晴れ渡り、台風が運んできた熱帯の空気がここ数日の残暑をさらに強烈なものにしていた。

校庭に面した窓と廊下側の窓を両方開け放っているために少しは風が通るが、それはドライヤーから出る熱風のようだ。生徒たちはみんな下敷きを団扇《うちわ》代わりにして自分の顔を扇ぎながら、授業を聞いている。

中には玄関先にくくりつけられた犬のようにぐったりと机の上に身体を伸ばし、虚《うつ》ろな目つきで教壇を見上げている者もいる。

みんないい気なものね。私だって暑いんだから。

黒板に課題作品の要点を書き出しながら、秋山美穂は心の中で毒づいてみた。だからといって涼しくなるわけではない。こんなことで苛々するなど教師失格だと思おうとしても、まとわりつく湿った空気は不快感をさらに増幅する。

「ちょっと。みんな、だらけすぎよ」

我慢できずに短気を起こした美穂は、教卓に両手をつき、生徒たちを睨みつけた。美穂の声に含まれた棘に軽く刺されたように、生徒たちが一斉に姿勢を正し、ガタガタと音を鳴らして椅子を引いた。

その微笑ましい反応に、美穂は強張っていた表情筋が一気に弛緩《しかん》するのを感じた。なんだかんだ言って、中学二年生はまだ子供だ。三年生になると、こんなに素直に言うことは聞いてくれない。

やわらかそうな頬をした少年少女たちを、美穂は教壇の上から眺めまわした。その視線が、ある生徒のところで止まった。

教室の中央より少し後ろの一番窓際の席。白石颯太だ。教師の怒りを恐れて姿勢を正している生徒たちの中にあって、彼だけは椅子の背もたれに身体をあずけて、自分の手のひらをぼんやり見つめている。

「白石君？」

美穂は颯太の名前を呼んだ。生徒たちが美穂と颯太を交互に見て、ほんの少し緊張の表情を浮かべた。授業を聞かずにぼんやりしている颯太に、美穂が腹を立てたと思っているのだ。だが実際は違う。なぜだかそこに座っているのが白石颯太とは違う人物に思え、確認するように美穂の口から思わず声がこぼれたのだった。

「白石君」

もう一度呼んだが、颯太は自分のことを呼ばれているとは気づかずに、まだ手のひらを見つめている。

美穂は教科書を教卓の上に置き、颯太に歩み寄った。教室の中がざわめく。颯太が叱られることを期待して、生徒たちがくすくす笑い、目配せをし合っている。

すぐ横まで近づくと、美穂は颯太がなにを見ているのかのぞき込んだ。彼の手のひらには、古い火傷の痕らしきものがあった。

美穂はハッと息を呑んだ。同じような火傷の痕がある人物を、美穂はよく知っていた。頭の奥底に眠りこんでいた感情を突き動かされて、言葉が出てこなくなったのだ。

美穂の気配を感じた颯太がようやく顔を上げ、なんか用か？　とでもいうふうに片方の眉だけを動かしてみせた。とても中学生には見えない大人びた眼差しが、美穂に向けられている。

一瞬、心臓が止まりそうに感じた。膝が震え、その震えがすぐに全身にひろがった。身体を覆っていた薄い汗の皮膜がすーっと引いていき、代わりに冷気が肌を這い上がり、腕に鳥肌が立った。

いつもは美穂の目をまっすぐに見ることもできないシャイな生徒だったはずだ。それがまるで幼い妹を見つめる兄のような優しい目で見つめてくる。普段見慣れた颯太の可愛らしい顔に、よく知った人物の顔が二重写しに滲んで見えた。

他の生徒たちがざわつき始めた気配で、美穂はようやく我に返った。呆《ほう》けたように口を開けて、颯太を見つめていたのだ。美穂が我に返ると同時に、颯太の顔つきが変わった。

たった今、夢から覚めたという様子で颯太は教室内を見まわし、みんなの注目を浴びていることと、美穂がすぐ近くから見下ろしていること、それに自分が授業中にぼんやりしていたことに気がついたようだ。

「あっ、すみません、僕……」

慌てて教科書を手に持って立ち上がり、「どこから読めばいいの？」と隣の生徒に訊ね、特に自分が指名されたわけではないことに気がついた颯太はばつが悪そうに頭を掻いて、ゆっくりと椅子に腰掛けた。

教室の中に、どっと笑い声が沸き起こった。その健康的な笑い声が、美穂の心をありふれた日常に引き戻してくれた。

そんな馬鹿なことがあるわけがない。きっと暑さのせいだ。ゆうべは雨と風の音がうるさくてよく眠れなかったから、疲れがたまっているのだ。

「だめじゃないの、授業中に他のことを考えてぼんやりしてちゃ」

内心の動揺を悟られないように、美穂はなんとか平静を装った。

子供から大人に変わる瞬間というのは、大人が考えているほど緩やかな変化ではなく、ある朝目を覚ましたら大人になっていたというほど劇的なものだ。十年近く中学教師をしていると、そうした瞬間を何度も目にする機会があった。

颯太も今、大人の男へと変わろうとしているのだろう。そう自分を納得させようとしたが、それだけではないと思えてしまう。

現に今、目の前で顔を真っ赤にしている颯太は、昨日まで見ていた颯太と同じ、中学二年生の幼い子供の顔をしているのだから。

教壇に戻りながら、美穂は背中に刺すような視線を感じた。振り返って確かめなくてもわかる。教室の一番後ろの席から、池谷朱里が睨みつけているのだ。私の男に手を出すなという態度だ。

きっとあの子は白石颯太のことが好きなのだろう。だから他の女がちょっとでも彼に近づくと嫉妬してしまうのだ。まだまだ子供だなあと美穂はあきれてしまう。私にはそんな気持ちなんてまったくないのに……。

5

ドアベルがくぐもった音を立てた。ネジがひとつ外れていて、垂れ下がったベルがドアに当たっているのだ。修理しなければと思いながらも、ずっとそのままになっていた。

カウンターに突っ伏していた悠紀子は気怠《けだる》げに身体を起こし、戸口に視線を向けた。

大久保がドアノブを握ったままぼんやりと立ちつくし、もうひとり、馴染みの客である池《いけ》田《だ》義郎《よしろう》がその後ろから店内をうかがうように首を伸ばしている。

池田は髪を短く刈り込み、顔は真っ黒に日焼けしている。商店会の野球チームのエースというだけあり、いかにもスポーツマンというルックスだ。

「いらっしゃい」

カウンターの中で悠紀子の代わりに洗い物をしていた客の有沢茂樹《ありさわしげき》が、まるで従業員のように声をかけた。

有沢は商店街にある家具屋の跡継ぎで、今年三十五歳になるが、未だに嫁の来手がなく、こうやって悠紀子の店に飲みに来ることだけを唯一の楽しみにしていた。

常連客たちにとって、悠紀子の手伝いができるのは光栄なことなのだ。たまたま今日は他に客がいなかったために悠紀子とさしで飲むことができ、さらにはカウンターの中に入って手伝いまでできて、有沢は上機嫌だった。

「さあさあ、そんなところに突っ立ってないで、奥へどうぞ」

寝起きのようにぼんやりしている悠紀子の代わりに、有沢が揉み手でもしそうな様子で大久保たちを店の奥へと誘導した。

甲高い有沢の声が耳障りだ。悠紀子はアルコールの酔いで重く濁った頭を振り、長い髪を掻き上げた。

「どうしたのよ、ふたりともシケた面《つら》しちゃってさ」

大久保の腕をつかみ、隣に座らせた。普段なら悠紀子に触られれば鼻の下を伸ばしてだらしない顔になるくせに、今夜の大久保の表情は硬いままだ。

「ママ、やっぱりまだ知らないんだね」

黙り込んだ大久保の代わりに、目を真っ赤にしている池田が言った。

「なにさ？　なんかあったの？　もったいぶらないで言いなさいよ」

全身を包んでいた酔いが風に吹き飛ばされるようにして、神経が剝き出しになっていく。不吉な予感がちりちりとうなじをくすぐった。

「園部さんが死んだんだ」

大久保が自分の手元を見つめながら、か細い声で言った。相撲取り並みの巨体が、驚くほど小さくなっている。

……園部さんが死んだ？

全身の血管が収縮する。血の巡りが悪くなり、頭がぼんやりしてくる。貧血を起こしてふらりと後ろに倒れそうになり、いつの間にかカウンターの中から出てきていた有沢が慌てて悠紀子の身体を支えてくれた。

「……ど、どういうことなの？」

悠紀子がなんとか言葉を絞り出すと、池田が眉を八の字に寄せた申し訳なさそうな表情で説明してくれた。

「さっきニュースでやってたんだけど、ゆうべの大雨で増水していた神田川に落ちたみたいなんだ。新宿区に入る辺りで橋脚《きょうきゃく》に引っかかってるのが見つかったらしいんだけど……。ほら、園部さんちって、ここからだったら神田川沿いに歩いて帰れば近いでしょ。ゆうべは警戒水位に達したっていうサイレンも鳴ってたけど、川辺の遊歩道を歩いて帰ってて、なんかの拍子《ひょうし》に川に落ちたんじゃないかな」

「俺の責任だ。ゆうべ俺が意地悪しないで、さっさと帰ればよかったんだ。ごめんよ、ママ。園部さんがときどきママの部屋に泊まってるのは知ってたんだ。ゆうべだって本当だったら、園部さんはママんところに泊めてもらうつもりで来てたんだろうに、俺はなんだか悔しくって、意地悪しちゃったんだよ」

「大久保さん、そんなに自分を責めないほうがいいですよ。いくら増水してたからって、川の水が溢れてたわけじゃないんだから、誤って落ちるなんてことがあるかなあ」

大久保の落胆ぶりを慰めようとして、有沢が言った。

「誤って落ちたわけじゃないって、どういう意味よッ？」

悠紀子の口から出た問いかけは、驚くほど棘を含んでいた。自分が責められたと感じた大久保の身体がさらに小さくなった。

「いや、よくわかんないけどさ。ただ、いろんな可能性が……」

有沢が口の中で不明瞭に言葉を濁した。

「だけど、ニュースでも言ってましたよ」

言っていいものかどうかとおどおどしながらも、池田はつづけた。

「頭部に怪我をしていたらしくて、それが川に落ちて流されているあいだにできた傷なのか、その傷が原因で川に落ちたのか、まだはっきりしてないって――」

「お酒ちょうだい」

池田の話を最後まで聞かずにそう言うと、悠紀子はすでに空になっていたグラスを有沢に向かって突き出した。

「ママ、今日はもう飲み過ぎだよ」

「あたしの店の酒をあたしが飲んで、なにが悪いのさ」

よろけるようにスツールから立ち上がった悠紀子は、有沢を押しのけてカウンターの中に入り、壁に陳列してあるバーボンのボトルの一本を手に取った。園部の名前が書かれたボトルだ。

溶け残った小さな氷が入っているグラスに、琥珀色の液体を注ぎ、一息に飲み干した。焼けるような熱い感覚が喉元から胃の奥へと流れ落ちていく。冷えかけていた手足の指先までが、じわりと温かくなった。

男たちは悠紀子から顔を背け、沈痛な様子で黙り込んでいる。園部の死で悠紀子がショックを受けたと思っているのだろう。確かに園部の死はショックだ。自分が愛した男を、また奪われてしまったのだから……。

だが、動揺の原因はそれだけではない。悠紀子の脳裏には忌まわしい過去の出来事が鮮明に蘇ってきていた。

ひょっとして……、という気がした。

まさか、そんなことは……。

悠紀子は頭の中に浮かんでくる不吉なイメージを打ち消そうと、バーボンをさらに呷《あお》った。

6

リビングでテレビを観ながらひとりで夕食を終え、颯太は食器をキッチンに運んだ。シンクに水を張り、そこに食器を浸す。自分のことは自分でする。

物心ついたときにはそういう習慣がついていたので、まったく苦痛ではなかった。ただ、できれば悠紀子と一緒に食事をしたいと思っていたが、時間が合わないのだから仕方がない。

さっさと洗ってしまおうと思いながらも、颯太は何気なくキッチンのテーブルに置かれた新聞に目を落とした。学校から帰ってきたときに、颯太がドアのところの新聞受けから持ってきた夕刊だ。

一応、契約はしているが、悠紀子が新聞を読んでいるのは見たことがない。たまに園部が読んでいたぐらいで、ほとんどの新聞は一度も開かれることもなく、配達されたときのまま玄関の横に積み上げられていた。

もちろん今日も読んだ形跡はない。もったいないからもう取るのをやめればいいのにと思いながら、何気なくテーブルの上にひろげてみた。

そのとたん、視界の片隅になにか小さな虫が横切ったような違和感があった。小さな文字の羅列の中から、その部分だけが浮き上がって見える。

『大雨で増水した神田川から水死体発見』

椅子を引き、腰を下ろした。記事をじっくり読んでみると、家の近くのようだ。そう言えば、学校からの帰り道、何台ものパトカーが走っていたし、テレビ局の車らしきワンボックスカーが道端に停まっているのを見かけた。

どうやら、ゆうべの大雨で増水していた川に誰かが落ちて溺死したらしい。こんな身近で死亡事故が起こるなんて……。野次馬根性と、ほんの少し現実味を帯びた死への恐怖に心を震わせながら、颯太はさらに記事を目で追った。

「えっ、嘘だろ？」

思わず颯太は声を出していた。その記事の中に、知っている名前が出てきたのだ。園部浩介……。それが発見された水死体の名前だ。ほんの数日前にも家に来ていた。あの夜——。考えただけで嫌悪感がこみ上げてくる。

あいつ、死んだんだ。新聞には事故と事件の両方の可能性を考えて捜査していると書かれている。ひょっとして殺されたのだろうか？　だとしたら、自業自得だ。

自然と笑みがこみ上げてくる。僕、笑ってるのかなと思ったときには、颯太は声を出して笑っていた。

愉快で愉快で仕方なかった。よく知っている人物の死だというのに、哀れみの感情が少しも湧き出てこないことに戸惑った。

こんなにまであの男を憎んでいたことに、颯太は今初めて気がついた。

7

背後で砂利を踏む音が聞こえ、背筋がぞっとした。颯太が勢いよく振り返った先には、制服姿の朱里が腰に両手を当ててあきれ顔で立っていた。

「またここに来てたの？」

「おい、びっくりさせないでくれよ。心臓に悪いじゃないか」

驚いたことが照れくさくて、颯太は無愛想に言って顔を背けた。

「怖がりね。だったら、こんな寂しいところに来なきゃいいのに」

朱里は緑色の塗装が剝げかけているカバの形をしたベンチに腰掛けた。颯太はオレンジ色のゾウに腰掛けている。こちらも全体的に塗装が剝げていて、長年、風雨に晒されていたことを物語っている。

辺りは夕暮れの色を濃くしていた。荒れ果てた廃墟の中の公園には、不気味な雰囲気が漂っている。誰もいないと思っていたのに、いきなり声をかけられれば誰だって驚くことだろう。

「今日、なんだか元気がなかったから心配になっちゃって。もしかしたらと思ってのぞいてみたら、やっぱりここにいたのね。それにしても、ここ好きねえ。昔から、なにかあると、いっつもここに来て泣いてたもんね」

「泣いてないよ」

「はいはい。今日は泣いてないみたいね」

カバのベンチから立ち上がると、スカートについた砂を手で払いながら朱里は辺りを見まわした。

まったく同じ四階建てのコンクリートの建物が四棟並んで建っている。その中庭に作られた小さな公園に颯太たちはいた。

もともとはきれいなクリーム色だったのだろうと思われる外壁は全体的にくすんだ灰色になり、雨の筋が何本も黒く刻まれている。

どこかの会社の社宅として建てられたものらしいが、颯太が見つけたときには、すでにここには誰も住んでいなかった。

会社が倒産して住んでいた人たちはすべて立ち退きになったものの、もつれた糸のように権利関係が絡まり合ったこの建物は、結局、取り壊されることも、転売されることもなく、手つかずのまま放置されているという噂だった。

引っ越してきたばかりのとき、颯太は近所をひとりで探検していて、なにかに引き寄せられるようにしてここに辿り着いた。そのとき、胸の奥がじわりと熱くなった。まだ幼い颯太にとって、それは初めての感覚だった。

まわりは有刺鉄線つきの金網で囲まれ、出入り口には大きな南京錠がかけられていたが、小学一年生の颯太は金網の下に開いたわずかな隙間から簡単に身体を滑り込ませることができた。

フェンスの内側は外とはまったくの別世界だった。当時はまだ廃墟になって間もなかったはずだが、人が住まなくなった建物は早く傷むという話のとおり、古ぼけたモノクロ写真のように荒れ果てていた。

夜中にひとりでトイレに行くことがなにより怖かった颯太だったが、不思議とこの廃墟は怖くなかった。怖いどころか、敷地内の公園でひとりで遊んでいると、なぜだか落ち着くのだった。

まだ近所に友達がひとりもいなかった颯太は、毎日、フェンスの下をくぐって廃墟に入り込み、ひとりっきりで遊んでいた。

そんなある日のことだ。颯太は怪我をしていた。額を七針縫い、頭を白い包帯でぐるぐる巻きにされていた。悠紀子に金槌《かなづち》で殴られたのだ。

なぜ殴られたのかは覚えていない。たぶん、なにか悪いことをしたのだろう。殴られたときのことは覚えていないが、母が憎悪のこもった目でじっと見下ろしていたのは覚えている。

物心ついたころから、なぜだか悠紀子は颯太のことを毛嫌いしていた。毎日のように叩かれ、おまえなんかと罵《ののし》られた。それでも颯太は悠紀子のことが大好きだった。

その日も、今と同じように颯太はゾウのベンチに腰掛けていた。涙がとめどなく溢れてきた。傷が痛むわけではなかった。自分を見る母の目を思い出すと、悲しくて涙が出てくるのだった。どうして僕のことを可愛がってくれないの？　どうして優しくしてくれないの？

小学一年生といっても男だ。人前で泣くことには抵抗があった。誰もいない廃墟だからこそ、声を上げて泣くことができたのだ。そのときだ。背後から声が聞こえた。

「頭、痛いの？」

驚いて振り向くと、そこには颯太と同じぐらいの歳の小さな女の子が立っていた。自分以外に、そんな小さな子供が廃墟にいるとは思えない。幽霊かと思い、颯太は身構えた。怯《おび》えた顔をしていたのだろう、女の子が慌てて弁解した。

「あなた、最近引っ越してきた人でしょ。私、同じマンションの同じ階に住んでるの。いつもフェンスの下をくぐってここに入り込んでるのも知ってるよ。さっきも偶然見かけたから、ついてきちゃった。怪我したのね。かわいそう」

女の子が手を伸ばし、包帯を巻かれた颯太の頭に触れようとする。その手をかわして、颯太は立ち上がった。胸がドキドキしていた。変な感じだ。

颯太の戸惑いが伝染したのか、女の子は慌てて手を引き、その手を身体の後ろに隠した。照れくさそうに笑みを浮かべながら言った。

「私、池谷朱里っていうの。あなたは？」

「白石颯太」

「ふーん」

朱里はちょっと意外そうな声を出し、すぐににっこりと笑った。

「ご近所さんなんだから仲良くしましょうね」

「うん、いいけど……」

颯太は曖昧にうなずいた。

あの日から七年経ったが、颯太の内面はまったく成長していない。さすがにフェンスの下をくぐるには身体が大きくなりすぎてしまったが、そのぶん知恵もついた。ペンチで金網に穴を開け、自分専用の出入り口を作ってあった。だが、それ以外、まったく同じシチュエーションにいることがおかしかった。

「で、今日はどうしたの？　なにがあったの？」

初めて会ったときに比べればずっと女っぽく成長したが、朱里のその馴れ馴れしさは相変わらずだ。颯太は逆だ。他の女子たちにはそんな態度は絶対にとらないのに、朱里に対してだけは冷たい態度をとってしまう。

「なんにもないよ」

「嘘。いやなことがあると、颯太君はここに来るんだから」

自分では意識したことはなかったが、確かに朱里の言うとおりかもしれない。今日だってそうだ。とぼけてみても、自分の心まではごまかせない。

園部が死んで以来、悠紀子の憔悴《しょうすい》ぶりは目にあまるほどだった。ほんの数日ですっかりやつれ果て、肌がかさかさになっていた。その様子が痛々しくて、なるべく顔を合わせたくなかった。

それに、園部の死を知ったときによろこんだ自分に対する罪悪感もあった。もしもあのときの颯太の気持ちを悠紀子が知ったら、きっと心の底から軽蔑されることだろう。

そう思うとどうしても足が家には向かず、学校帰りに廃墟で時間をつぶしていたのだった。

自分で質問しておいて、朱里は答えを期待していなかったようだ。さりげなく颯太に歩み寄り、肩に手を置いた。小さな手のぬくもりがシャツを通して肩に感じられた。

「だんだん暗くなってきて、いい雰囲気だと思わない？」

肩に手を置いたまま朱里が言った。颯太は顔をゆっくりと朱里に向けた。

小さく首を傾《かし》げて朱里が見下ろしている。顔から笑みが消えていた。真剣な眼差しが、颯太の瞳をまっすぐに見つめている。

「誰も見てないし、キスしようか？」

「な、なに言うんだよッ」

朱里の言葉に驚いて立ち上がった。足がゾウのベンチに引っかかり、颯太はバランスを崩して尻餅をついた。

「馬鹿、冗談よ」

からかわれたのだと思ったら、顔が熱くなった。颯太は鞄を拾い上げ、そのまま後ろを振り返らずに、金網に開けた穴に向かって足早に歩き始めた。

「どうしたの？　怒っちゃった？」

朱里が大声で叫びながら、あとを追ってくる。少し慌てた様子が、意地悪な気持ちを颯太の心に芽生えさせた。もっと困らせてやりたい。いつしか颯太は走り出していた。

「ねえ、ちょっと。待ちなさいよ！」

朱里の怒鳴り声が背後で聞こえた。呼吸が荒く、朱里も颯太を追って走り始めているのだということがわかる。朱里の真剣な顔が見えるようだ。

「いやだね。僕を捕まえてみろよ」

颯太はフェンスに開いた穴をくぐり抜けて、時間が止まった廃墟から、忙《せわ》しなく時計の針がまわりつづける現在の世界に舞い戻った。

8

廃墟になった社宅から走ってマンションまで帰り着くと、颯太は鞄を脇に抱えて階段を駆け上がった。

普段は階段で上ることはめったにないが、今日はエレベーターが最上階に停まったままだったので、降りてくるのを待っていることができなかったのだ。

すでに息が上がった状態だったので、七階まで一気に駆け上がるのは想像以上にきつかった。

足が重く、腿《もも》が上がらない。立ち止まりたい衝動にかられたが、背後から猛烈な勢いで足音が追ってくる。その音はどんどん距離をつめてきていた。

手すりをつかんで踊り場で方向転換し、最後の力を振り絞って階段をひとつ飛ばしで駆け上がった。ようやく七階につき、廊下を駆けた。足がもつれそうになる。

なんとか部屋の前まで行き、今度は鍵を取り出そうとしてもたついた。足音がもうそこまで迫ってきている。気持ちばかりが焦る。

「ちくしょう」

荒くなった呼吸と焦りのために、鍵が鍵穴に入らない。やっと入ったと思った瞬間、背後から鞄で頭を殴られた。

「どうして逃げるのよッ」

乱れた髪を気にもせずに、朱里が颯太に詰め寄る。頬が上気し、額に汗が浮き出ている。

息がかかりそうなほど顔を近づけ、睨みつける。

「なんだよ。朱里が追っかけてくるからだろ。それにおまえ、自転車だもんな。ずるいよ」

「そんなの関係ないよ。颯太君が体力なさ過ぎなの。私みたいに、クラブ活動で鍛えなきゃ」

朱里はスカートから伸びた脚を指さした。日焼けした太股がまぶしくて颯太は目を逸らした。

「やだ、なに照れてんの」

もう一度、鞄で頭を叩かれた。

「痛いなあ。叩くなって。馬鹿になったらどうすんだよ」

「だから、馬鹿になったときのために、身体を鍛えときなさいって言ってるのよ」

口喧嘩で勝てる相手ではない。

「おまえの家はあっち」

ドアを開けると颯太は廊下の端を指さした。

「じゃあ、また明日」

「待ってよ。まだ話は終わってないんだから」

朱里が颯太につづいてドアから身体を滑り込ませる。

「おい、なんだよ、人んちに勝手に入ってくるなよ」

「いいでしょ。昔は出入り自由だったじゃない。最近はあんまり遊びに来てあげてないけど、勝手知ったる他人の家ってやつよ。おばさん、お邪魔します」

部屋の奥からは返事はない。

「いないのかな？　もうお店に行っちゃった？」

「みたいだね。というわけだから、さようなら。年頃の女の子が男と部屋にふたりっきりっていうのはまずいだろ」

颯太が言うと、朱里が噴き出した。

「最高！　颯太君、面白すぎ。さっきの顔、思い出しちゃった。目をまん丸にしちゃって。鳩が豆鉄砲を食った顔って、きっとああいう顔を言うんでしょうね」

派手なリアクションで颯太の腕をバンバン叩く。あのとき、言葉を発する前に真剣な表情を見せたのは演技だったたと念を押しているのだ。こっちもそんな気はないよ、と思いながらも不愉快な気分になってしまう。

颯太は朱里を無視してまっすぐ自分の部屋に向かい、鞄をベッドの上に放り投げた。

「ほんと、颯太君の部屋に来るのって久しぶり。中学生になってからは初めてじゃないかな」

そんなことを言いながら、懐かしそうに瞳を部屋の中のあちこちに向けている。

「じろじろ見んなよ」

「なに？　見られて困るものでもあるの？」

「そんなもん、ないよ」

椅子に腰掛けて机に向かった。するともう話すことはない。気まずい沈黙が流れた。なにか言わなければと思っても、なにを言っていいのかわからない。

仕方なく黙り込んでいると、朱里がさっきまでとはがらっと変わった優しい口調で言った。

「ねえ、颯太君。最近、私になにか隠しごとしてない？」

「別に隠しごとなんてしてないよ」

「もしなにか困ってることがあるんだったら、遠慮しないで私に相談してほしいの」

「だから、隠しごとも困ってることもないって言ってるだろ」

颯太は朱里から顔を背けたまま言った。もう、そんな優しい言葉にだまされるものか。さっきさんざんからかわれたばかりなのだ。

「ほんとかなぁ。なんか変なのよね。私のこと、避けようとしてる気がするんだけど。ねえ、こっちを向いてよ」

朱里は椅子の背もたれをつかんで力任せに回転させ、颯太の身体を自分のほうに向けさせた。

「おい、なにすんだよ？」

気色ばむ颯太の目の前で、朱里はハンカチを上下にパッとひろげてみせた。イチゴの絵が描かれたハンカチが颯太の目の前に突き出される。

「なんだよ、それ？」

「捜索令状よ。家宅捜索させてもらいますから。なにか隠してるのはわかってるんだから」

「ま、待てよ」

止める颯太を無視して、朱里は机の引き出しを開けた。

以前だったら羽交《はが》い締めにしたり、ヘッドロックをかけたりすることもできたが、今は朱里の身体に触ることができない。

「やめろって！　なんにもないよ。そういうことじゃないんだよ」

「嘘よ。絶対なにかあるでしょ。ひょっとして秋山先生絡みなんじゃないの？」

「んなわけないだろう」

本気で疑っているようだ。秋山先生と恋仲になるなんてことがあり得るわけがないのに、いったいなぜそんなにふたりの関係が気になるのか、女ってやつはよくわからない。

おろおろする颯太の前で、朱里は次々に引き出しを開けて、中を掻きまわしつづけた。入っているのは文房具やがらくたばかりだ。なにも出てくるわけがない。

「もういい加減にしろよ。プライバシーの侵害だ」

「なんだかよけいに怪しいわ」

そのとき、ドアチャイムの軽やかな音が、大騒ぎしているふたりに冷水を浴びせた。颯太と朱里は、まるでやましい状況に親が踏み込んできたかのように同時に動きを止めた。

もう一度、チャイムが鳴り、つづいてドアを叩く音が聞こえた。

「ちょっと待ってて。勝手にいじんなよ」

朱里に念を押してから玄関へ向かった。ドアを開けると、制服姿の男が小さな荷物を差し出した。

「お届け物です。判子かサインをいただけますか？」

悠紀子宛の荷物だった。中身は化粧品ということだ。最近、悠紀子はネット通販にはまっている。食料品から衣類、日用雑貨に至るまで、あらゆるものを通販で購入していた。慢性的な二日酔い状態だから、出歩くのが面倒なのだ。

何かあったときのために印鑑のほうがいいのではないかと考えた颯太は宅配便の男に少し待っていてくれるように言うと、小走りに悠紀子の部屋に向かった。印鑑は確か、悠紀子のドレッサーの引き出しにあったはずだ。

基本的に昼間は悠紀子がマンションにいるので、颯太が配達業者の相手をしたことはなかったが、いつも悠紀子がそこから印鑑を出しているのを見ていた。

もっとも悠紀子は自分の私物に触られることを極端にいやがったので、颯太がドレッサーの引き出しを開けるのは初めてだ。化粧品や貴金属類、中にはいろんなものが乱雑に放り込まれてあった。

引き出しをいくつか開けて、なるべくよけいなものには触らないように気をつけて印鑑を見つけた。配達伝票に判を捺《お》し、受け取った荷物はキッチンのテーブルの上に置いた。

勝手にドレッサーの引き出しを開けたことを知ったら悠紀子は怒るだろうか？　そう思うと急に怖くなった。だが、とりあえず伝票のことに触れなければわからないだろう。

悠紀子は細かいことを気にするタイプではない。荷物が来てたよ、とだけ伝えてしまえば大丈夫なはずだ。

リビングを抜けて悠紀子の部屋に戻り、乱雑に物が放り込まれている引き出しの中に印鑑を戻そうとしたとき、古ぼけたジュエリーケースが颯太の目にとまった。

グレーの布張りの、指輪などを入れるための小さなケースだ。相当古い物らしく、あちこちくすんだ汚れがこびりついている。

印鑑を引き出しの中に戻すと、颯太は何気なくそのケースを手に取った。胸騒ぎがする。

開けたとたん、足が無数に生えたグロテスクな生き物が飛び出してきそうな、そんないやなイメージが湧いてくる。

それでも、なぜだか、開けようとする自分を止めることができない。蓋と底の部分をつかんで力を加えると、バネのようなものが仕込まれているらしく、ケースは勢いよく開いた。

全身に鳥肌がひろがった。もちろん、グロテスクな生き物が飛び出してきたわけではない。中には宝石のようなものが入れられていた。

ダイヤのピアスだろうか？　だがそれはなぜか片方だけで、しかも赤黒く汚れている。ぞっとするようないやな気配を漂わせているのは、その汚れのせいだ。

さっさと放り出してしまいたい気分になりながらも、颯太はさらに顔を近づけて、そのピアスを観察せずにはいられない。

どうやらその赤黒い汚れは血のようだ。颯太はなにかに操られるかのように、ピアスを手に取って、そっと握りしめた。

そのとたん、胸の奥がざわめいて、頭の芯が鈍く痺れた。水の上に浮いているみたいに身体が微かに揺らぐ。安らかな気持ちなのだが、同時に暗い穴の中に落ちていくような恐怖感もあった。

不意に目の前で強烈な光が閃《ひらめ》いた。身体が動かなくなった。なにか大きな力で両肩を押さえつけられているかのようだ。

すぐ横で気配がした。苦しげな吐息が繰り返されている。唯一、首から上だけはなんとか動かすことができた。そちらに顔を向けようとすると、ギギギギと錆《さ》びついた機械みたいな音がしそうだ。

颯太は息を呑んだ。床の上に半裸の悠紀子が横たわっていた。シャツがはだけて乳房がこぼれ出ていて、スカートは腰のところまで捲《めく》り上げられている。大きくひろげた悠紀子の両脚のあいだに、アロハシャツを着た男が身体を潜り込ませている。

ふたりは熱烈にキスを交わし、お互いの肉体を貪《むさぼ》り合う。悠紀子は男の髪を掻きむしり、男は悠紀子の上で逞しい肉体を波打たせている。

雨に濡れた獣のような匂いと、青臭い草いきれが辺りに充満している。

「悠紀子さん！」

颯太の口から悲しげな叫びがほとばしったすぐあとに、手足を縛っていた見えない鎖がちぎれて身体に自由が戻ってきた。同時に目の前の幻影も消えていた。

悪夢から飛び起きたばかりのように、心臓が胸の奥で激しく暴れまわり、全身が熱く火照っていた。

数日前に見た光景――悠紀子と園部のあの一夜の光景がフラッシュバックしたのだろうか

と思ったが、そんなはずはない。あのときは悠紀子が上になっていたが、今は違う。それに男は派手なアロハシャツを着ていた。イメージはすぐさま消えてしまったが、相手は園部ではなかった。

もっとも現実には、目の前には誰もいないのだ。やはりこの前の出来事が心に深く刻み込まれていて、幻を見たに違いない。それ以外になにがあるというのか？

だが、思わず自分の口から出た言葉——悠紀子の名前を呼んだことで颯太の頭は混乱していた。どうしてそんなことを？　母を名前で呼んだことなど、一度もないはずなのに……。

そのとき、視界の端でなにかが動くのが見えて、背中に水を流し込まれたようにひやっとした。反射的にそちらを見ると、見知らぬ男が呆然《ぼうぜん》とこちらを見つめていた。

「誰ッ？」

よく見るとそれは、自分の姿がドレッサーの鏡に映っているのだった。

見慣れている自分の顔なのに、どこかしっくりこない。青ざめた顔をしているからだ。そう思い込もうとした。

とりあえずこれをしまっておこう。いつ悠紀子が戻ってくるかもわからないのだ。

颯太は大きくひとつ息を吐き、ピアスをジュエリーケースに戻して、引き出しの中にしまおうとした。そのとき、今度はそれが置かれていた下に黄ばんだ封筒があることに気がついた。

悠紀子に手紙が来るなんて意外だった。親戚とも付き合いを断ち、店の客以外に親しい友人がいるという話も聞いたことはない。

いったい誰からの手紙だろう？

もちろん親子だとはいっても悠紀子宛の手紙を勝手に見るのはマナーに反するということはわかっていたが、好奇心には勝てなかった。

颯太は封筒を手に取った。宛名は「秀島《ひでしま》悠紀子様」となっている。秀島というのは、悠紀子が結婚する前の名前だろうか？　そして、差出人のところには「秀島和子《かずこ》」と書かれていた。

「……秀島和子？」

声に出してみると、耳から入ってきた音に遠い過去の記憶がくすぐられるが、はっきりとは思い出せない。

封筒から取り出した便箋をひろげた。かなり年輩の人なのだろう、手紙は判読するのが困難なぐらいの達筆で書かれていた。

《前略

お医者様がおっしゃるには、洋二の病気は完治するまでにまだまだ時間がかかりそうだということです。それでも最近では、ときどきは調子の良いときもあり、そのときに確認したところ、洋二はもうあなたには会いたくないと申しておりました。私といたしましても、そのほうがお互いのためだと思います。

離婚届を同封しておきますので、それに署名捺印《なついん》の上、こちらに送り返してください。

颯太の養育権は放棄いたします。その代わり、慰謝料は畑を売ってでも充分な額をお支払いしますので、うちとあなたたちの縁はそれで切れたものと思ってください。

もう二度と洋二に連絡してこないようにお願いします。

振込先の口座番号をお知らせいただければ、すぐにお金をお振り込みいたします。

草々》

短い手紙だったが、読み終わった颯太の頭は混乱していた。僕の養育権ってどういうことだ？　洋二って誰だ？　慰謝料って？　いろんな疑問が頭の中を飛びまわり、しばらく経ってようやく理解した。

この洋二っていう人が僕のお父さんなんだ。死んだなんていうのは嘘だ。お母さんは慰謝料をもらって離婚したんだ。

封筒の日付を見ると、颯太が五歳のころだ。悠紀子に聞かされていた、父親が死んだ時期と合っている。

父さんは死んでなかったんだ。

颯太は胸の奥に温かいものがこみ上げてくるのを感じた。

「どうしたの？」

いきなり声をかけられて、颯太は暗い部屋の中で飛び上がりそうになった。

ゆっくり振り返ると、朱里が心配そうに見下ろしていた。朱里が来ていることをすっかり忘れていた。

「ねえ、なにがあったの？　どうして泣いてるの？」

そう言われて初めて、颯太は自分の頬を涙が伝っていることに気がついた。

9

特別快速から各駅停車に乗り換えると、とたんに雰囲気が変わった。それまでは通勤通学に使われる乗り慣れた車両だったのが、向かい合って座るタイプの、いかにも田舎の電車という車両になっていた。

シートもあちこち擦り切れ、中のスポンジがのぞいている。この車両はもう何十年もこの区間を往復しているに違いない。

「ああ、お腹すいちゃった。ねえ、お弁当食べましょうよ」

ボックス席のシートに座ると、鞄の中から弁当を取り出して朱里が言った。

「なに、はしゃいでるんだよ」

「いいでしょ。ピクニックみたいで楽しいじゃない。それより、これおいしいから食べてみて。早起きして作ったんだから、感動しながら食べてよね。私の手料理を食べられるなんて幸せなことなんだから」

ボックスシートに向かい合って座り、朱里が颯太に弁当を目で示しながら言い、颯太のぶんのエビフライを指でつまんで頬張った。

小さな顎が緩やかに動き、咀嚼《そしゃく》されたエビフライが白い喉を通り過ぎていく。

「んー、おいしい」

大袈裟に言い、破顔してみせる。颯太は苦笑いを浮かべて、朱里と同じようにエビフライを口に運んだ。

「ま、確かにおいしいけどさ。どうせ冷凍食品だろ」

「失礼ね。解凍の仕方にコツがあるんだから」

朱里は誇らしげに言って、もう一本つまんで口に放り込んだ。

いつにも増してハイテンションなのは、朱里なりに気を遣ってくれているのだろうと思うとうれしかった。

おとといの夕方、偶然、悠紀子のドレッサーの引き出しの中に、颯太の父親である秀島洋二の母親——颯太にとっては祖母にあたる人物から悠紀子に宛てられた手紙を見つけた。何気なくその手紙を読んだ颯太は大きな衝撃を受けた。死んだと思っていた父親が生きているかもしれない。

これまでに何度も「あんたの父さんはもう死んだのよ」と悠紀子に言われていた。しかし、苗字を変えていることを考えると、死別ではなく離婚のはずだ。そうなると父親が生きている可能性もある。幼いころから父の話題を振ればバツが悪そうに話をそらす母を見てきただけに、颯太はこの考えをほぼ確信していた。

宅配便を受け取りに出たまままいっこうに戻ってこない颯太を不審に思って様子をうかがいに来た朱里に、泣いているのを見られてしまった。

そんな決定的な状況を見られてしまっては、とぼけるわけにはいかない。手紙の内容について、自分の推理を織り交ぜながらすべてを正直に話すと、朱里は少し考え込むように唇を噛んだ。

今のマンションに引っ越してきたのは小学校に上がる直前で、朱里とはそれ以来の付き合いだ。父親がいないことで颯太がどれだけ寂しい思いをしてきたか、朱里はよく知っている。

「で、どうするの？」

朱里が真剣な表情で訊ねた。

「どうするって言われても……」

「会いたいんでしょ？」

言われるまでもなかった。

父親がどんな人なのか見てみたい。そして、どうして息子を捨てたのか？　なぜ一度も会いに来なかったのか？　それを訊ねてみたかった。

「じゃあ、次の土曜日に行ってみたらどう？　ちゃんと路線図で確認しないとわかんないけど、電車を乗り継いで、だいたい二時間もあれば行けそうよ」

颯太の手から手紙と封筒を受け取り、差出人の住所を見ながら朱里は言った。

「行くって……」

「この住所に訪ねていけば、お父さんに会えるんじゃない？　もし、ここにいなくてもこの秀島和子って人――おばあさんに訊ねれば教えてくれるはずよ。可愛い孫が実の父親に会いたいって言ってきてるんだから」

「だけど……」

「わかった。私も一緒に行く」

「えっ？　どうしておまえが行くんだよ？」

「行きたいの。私も颯太君のお父さんに会ってみたい。それに、なんかドラマチックじゃない？　生き別れになった父親に会いに行くなんてさ」

「テレビのバラエティー番組じゃないんだぞ」

「わかってる……。わかってるけど、いいでしょ？」

「だめだよ」

「行く。はい、決まり」

颯太の形ばかりの拒否は簡単に却下された。そしてふたりは土曜日の朝、こうして一緒に電車に乗って秀島洋二の住む町に向かっていた。

朱里はただついてきただけでなく、弁当まで作ってきてくれた。こうやってボックスシートで向かい合って座り、弁当を食べていると、確かに旅行でもしているみたいで深刻な気持ちが少しはましになる。

気がつくと、窓の外の風景が明らかに変わっていた。味気ないビルはほとんど姿を消し、古ぼけた民家が田園の中に点在している。障害物がないためにずっと向こうまで見渡すことができ、遥か彼方には深緑色の山が霞んでいる。

ずいぶん遠くまで来てしまったと感じたとたん、不安な気持ちが急に胸の内で騒ぎ始めた。弁当箱の蓋を閉めて、颯太はぽつりとつぶやいた。

「だけど、いいのかな？　いきなり会いに行ったら迷惑じゃないかな？　今まで僕に会いに来なかったのには、なにか事情があるのかもしれないし」

父には父の都合があるはずだ。ひょっとしたら、新しい家族がいるのかもしれない。ともすれば怯《ひる》みそうになる颯太の尻を、いつものように朱里が蹴り上げてくれる。

「なに言ってるの。自分の息子が会いに来てくれてうれしくないわけないでしょ。きっと颯太君のお母さんに気を遣ってたのよ。勇気を出して」

「だけど、なんか怖いよなあ。かっこよかったらいいけど、もしも変な人だったら……」

「全然記憶がないの？」

「うん。まったく覚えてない」

「だけど写真とかは見たことあるんでしょ？」

「それがないんだ。今のマンションに引っ越してくる前に僕がお母さんのライターをいじって火遊びしてて、小火《ぼや》を出したことがあったらしくて、そのときに全部燃えてしまったんだって」

「そう……」

「まあ、本当かどうかはわからないけどさ」

颯太の弱気が伝染したのか、朱里は黙り込んでしまった。

レールのつなぎ目の上を電車が通るたびに鳴る音が規則正しく車内に響き、決定的な時間が迫り来る、ドキドキするような不安が颯太の中で大きくなっていく。

もしも朱里が一緒でなければ、きっとこのまま反対方向の電車に乗り換えて、東京に逃げ帰っていたことだろう。

そのとき、降車駅の名前を告げるアナウンスが流れた。車内はがらんとしていて、いつの間にか颯太と朱里しかいなくなっていた。

「やっと着いたみたいね。お尻が痛くなっちゃった」

朱里がまた普段通りの明るい声で言い、鞄を手に取って降りる準備にかかった。

ここまで来て、やっぱり帰るとは言えない。勇気を振り絞ってホームに降り立った颯太を、むっとする熱気が迎えた。強烈な日差しが照りつけ、電車内の冷房で冷え切っていた身体に一気に汗を滲ませる。

電車が行ってしまうと、ホームのまわりは見渡す限り畑と田んぼばかりだ。

蒸し暑さは相当なものだったが、都会の空気とは違う心地よさがあった。朱里も同じことを感じているのだろう、両腕をひろげて深呼吸をしている。

颯太も真似してみた。土と草の匂いが肺の中にひろがり、気持ちが少し落ち着いた。

「じゃあ、行こう」

朱里はそう言うと、さっさと改札に向かった。

どうやら無人駅らしく、駅員はいない。小さな箱の中に切符を入れて外に出ると、駅前とは名ばかりで、目の前に小さな郵便局やタバコ屋や雑貨屋が数軒建っている以外に建物は見当たらず、あとは車一台がようやく通れるような細い道が田んぼの真ん中に延びているだけだ。

颯太は改札のところに立ち、辺りを見まわした。

稲が瑞々しい緑を湛《たた》えている水田に、害鳥除《よ》けなのだろうか、シルバーのテープが縦横に張り巡らされていて、それが日光をきらきらと反射して颯太の目を射貫いた。

地上では風はほとんど吹いていないのに、青い空に浮かんだ真っ白な雲はゆっくりと右から左へと流れていく。

初めて訪れた場所にもかかわらず、妙に懐かしい気分にさせられる景色だ。

コンクリートに囲まれた街——颯太が暮らしている今の環境とはまったく違う。颯太の父親はこんなところで毎日暮らしているのだ。ひょっとして両親が離婚しなければ、颯太もこの田舎町で暮らしていたかもしれない。

もしもここで暮らしていたら、どんな人生だったろうか？　少なくとも朱里と出会うことはなかったはずだ。それは味気ない気がする。

視界の端で動くものがあり、目を向けると朱里がこちらに向かって手を振っていた。

「ねえ、早く。この道をまっすぐ行けばいいんでしょ？」

よく通る大きな声で言い、朱里は濃紺のスカートを翻して、田んぼの中をまっすぐに延びる道路に向かって駆けていった。

テニス部の練習をサボってついてきてくれたので、エネルギーがあり余っているのだろう。颯太もそのあとを追って駆け出した。

ふたりともスマホは持っていないため、一応、地図をプリントアウトしてきていたが、そんなものは見る必要もない。田んぼの中の一本道なのだ。その道を、ふたりで並んで歩いた。

太陽は相変わらず真上にあって、強烈な日差しと熱で颯太を責める。アスファルトが溶けて、スニーカーの底にべちゃべちゃと張りつく感覚があった。

五分も歩くと、颯太の全身からは汗が噴き出し、シャツが肌に張りついた。さすがにテニス部で鍛えている朱里はまったく平気そうだ。日頃から炎天下で走りまわっているわけだから、これぐらいなんでもないのだろう。

だけど、こんな思いまでして父親に会ってどうするつもりなのか？　面と向かって、「どうして僕を捨てたの？　どうして僕に会いに来てくれなかったの？」と訊ねるつもりなのか？　最初はそのつもりだったが、冷静に考えればそんなことは格好悪くてできるわけがない。

だんだん気が重くなってきた。朱里の励ましもあってここまで来たが、来るべきではなかったという思いが大きくなってくる。

「あれじゃない？」

道路脇、田んぼの中にポツンと建っている一軒の平屋を朱里が指さした。言われるまでもなく、颯太もとっくに気がついていた。

朱里が足を速める。反対に、颯太の歩みは重くなってしまう。

「なによ。ここまで来て、もじもじして」

颯太がついてきていないことに気がついた朱里が、振り向いて大声で言う。

「立派な男に成長したところをお父さんに見せてあげましょうよ。それとも、女の子みたいにうじうじしている自分を見てほしいの？」

最近では女のほうが男よりもよっぽど男っぽいんじゃないの、という言葉は飲み込み、颯太は代わりに空元気の大声を出した。

「わかったよ。行きゃあいいんだろ、行きゃあ」

勢いよく足を踏み出し、朱里の横を擦り抜け、その勢いが弱まらないように一瞬たりとも立ち止まることなく、颯太は建物の敷地内に大股で入っていった。

赤い郵便受けには「秀島」という文字が書かれている。ここだ。間違いない。

朱里が小走りに追いかけてくる。完全に追いつかれる前に、男らしさを見せるために颯太はさっさと呼び鈴を押した。

家の中で危険を報せるブザーのような音が鳴っているのが聞こえたが、返事はない。

「誰もいないのかな？」

颯太を押しのけて朱里がガラス戸に手をかけた。

「おい、やめろよ」

「大丈夫だって」

颯太が止めるのも聞かずに朱里が戸を横に引いた。鍵はかかっておらず、簡単に開いた。

「すみません！　誰かいませんか？」

朱里が大声で呼びかけるが、やはり誰もいないようだ。古い日本家屋だからか、家の中は薄暗く、外の暑さが嘘のようにひんやりしている。

「おばあちゃんちの匂いがする」

どこか遠くのほうから返事が聞こえるかもしれないというように、玄関に首を突っ込んで耳を澄ましていた朱里がぽつりと言った。

親戚というものがいない、少なくとも付き合いがまったくない颯太にとっては、それは初めて嗅ぐ匂いだった。だが、どこかで嗅いだことがあるような気もする。

不意に胸が苦しくなった。悠紀子にも両親がいるはずなのだが、颯太は一度も会ったことがない。絶縁状態らしいのだ。それがなぜなのかは、やはり教えてくれない。

「ここの家の人って農家なんでしょ？　だったら昼間のこの時間は、田んぼか畑にいるんじゃないかな」

玄関の右横に車庫のようなスペースがあるが、そこに車は停まっていない。朱里の言うとおり農作業に出ているると考えるのが妥当だ。

見渡す限り、緑の稲が風に揺れている。どれが秀島家の田んぼかはわからないが、家からそんなに離れているとは考えにくい。腕時計を見ると、まだ一時過ぎだ。もしも農作業をしているのなら当分は帰ってこないだろう。

ここでぼんやり待っているのも手持ち無沙汰だし、それにこんな蛇の生殺し状態で放置されるのは耐えられない。せっかく固まっていた再会への決意が揺らいでしまいそうだ。

「ちょっとその辺、うろついてみる？」

朱里が絶妙のタイミングで提案してくれた。やはり朱里には颯太の心を読む力があるらしい。

「うん、そうしようか」

颯太は朱里と並んで農道を歩いてみた。道の両側には道幅とたいして変わらない用水路が剝き出しの状態で流れている。気をつけていないと足を踏み外して落ちてしまいそうだ。のぞき込むと、澄んだ水の底のほうでなにか赤いものが動くのが見えた。大きなハサミを持ったアメリカザリガニだ。

颯太の視線を感じたのか、アメリカザリガニは後ろ向きに水の中を素早く移動し、濃い緑色の苔に覆われた石の裏側へと逃げ込んだ。

用水路には緑の苔がびっしりと生えていて、生臭い匂いが立ち上っている。東京生まれの東京育ちである颯太はこの匂いも初めて嗅ぐものであるはずなのに、やはり奇妙に懐かしい気持ちになってしまう。

日本人の原風景。そんな言葉がしっくり来る。辺りはまるで昭和のまま取り残されたような景色なのだ。颯太は平成生まれなので、昭和なんてまったく経験したこともないはずなのに……。

「あっ、あれ……」

朱里の言葉で顔を上げると、農具をしまうための小屋の脇に白い軽トラックが停まっていた。それを見ると、ジェットコースターで滑り降りるときのように、胃がきゅんと縮み上がった。

視線を横に移動させると、腰の辺りまで伸びた稲の中に男がひとり身体を屈《かが》めているのが見えた。

雑草でも抜いているのだろうか。男は腰を屈めたまま水田の中を移動し、ときおり立ち上がって腰に手を当てて身体をのけ反らせている。

雰囲気からは四十代ぐらいに見える。颯太の父親であってもおかしくない年頃だが、麦わら帽子の下には日差しが濃い影を作っていて、その顔はわからない。もっとも、もともと顔を知らないのだから、見てもわかるわけがないのだ。

朱里がじっと颯太の顔を見つめていた。その視線に気がついて顔を向ける。目が合うと、朱里は小さくうなずいて颯太の手を握った。そのまま農作業をしている男に向かってゆっくりと歩き始める。

二足歩行の能力を手に入れたばかりのロボットのように、ぎこちない動きで颯太は従った。

数メートルほどのところまで来ると、気配に気づいたらしく男は颯太たちに顔を向けた。

手をつないでいたことを思い出したのだろう、朱里が慌てて颯太の手を放した。

その様子が微笑ましかったのか、麦わら帽子の下で男の口元に笑みが浮かぶのが見えた。

「お仕事中、すみません」

田んぼのあぜ道まで行き、朱里がよそ行きの可愛らしい声を出した。

「ん？　なんでしょう？」

「ひょっとして、秀島洋二さんじゃないですか？」

「そうだけど」

あっさり認めると男は麦わら帽子を取り、短く刈り込まれた頭をタオルで拭《ぬぐ》った。真っ黒に日焼けした健康的な顔に、人の好さそうな笑みを浮かべている。

目元と顔の輪郭が、颯太とよく似ている。血のつながりというものは、こんなにも明確なものなのだ。

間違いない。お父さんだ。よかった、優しそうな人で。初めて見る自分の父親の笑顔に、颯太は胸がいっぱいになる思いだった。

手紙によると病気で入院していたことがあったらしいが、今ではすっかり元気になったようだ。なにしろあれは九年も前のことなのだ。

自分を捨てた父親が目の前にいる。もっと違う感情が湧いてくるかもしれないと不安に思っていたが、颯太の心に浮かんでくるのは、親しみと、再会のよろこびばかりだった。

「君たち、俺になんか用かい？」

洋二は気さくな笑みを浮かべながら、こちらに向かって歩いてくる。脚が不自由なのだろうか、水田の中を移動しているからというわけでもなく、右足を引きずっているようだ。

「あのう、私たち……」

そこまで言って、朱里が振り返った。自分が出しゃばっていいのかどうか迷っているのだ。そのことは別にかまわないが、やはりここは自分が言わなくてはいけない。颯太は朱里の横まで行き、水田の中に立っている父親をまっすぐに見つめた。

「僕、颯太です」

洋二は笑みを浮かべたまま、少し首を傾げてみせた。

「あなたの息子の白石颯太です」

笑顔のまま、洋二の表情が固まった。目だけが小刻みに左右に揺れ動き、動揺しているのがわかる。

「……お父さん」

初めて口にした言葉に、颯太の心は高揚してくる。感動と言ってもいい。颯太はつづけた。

「こんにちは。僕、お母さんからお父さんは死んだって聞かされていて、ずっとそう信じてたんだけど、古い手紙を最近見つけて、それでお父さんはまだ生きているんだってことを知って、そしたらお父さんに会いたいって気持ちを抑えてることができなくなって、手紙の差出人の住所を頼りに――」

話したいことはいっぱいあった。言葉はどんどん湧き出てくる。舌の動きがついていかないほどだ。

興奮して早口でしゃべりつづけていた颯太は、洋二の様子がおかしいことに気がついた。最初は、いきなり自分の息子が訪ねてきたことで驚いているのかと思ったが、そんな理由ではないのは明らかだ。

のどかな田園風景の中に、カチカチと小刻みに硬い音が鳴っている。初めのうち、それがなんの音なのか颯太にはわからなかった。音は洋二から聞こえてくる。洋二の歯が打ち鳴らされている音だ。それほどひどく震えているということだ。

だけど、なぜ？

「お父さん……」

颯太が心配そうに声をかけて一歩足を踏み出すと、洋二は悲鳴を上げて後ろに飛び退いた。ぬかるみに足を突っ込んだままだったので、稲を押し倒して尻餅をついた。

「おじさん、大丈夫ですか？」

朱里が声をかけるが、洋二は朱里の存在など目に入らないといった様子で颯太だけを見つめている。

首を左右に振り、喉からは笛のような音が漏れている。

「く、来るな！」

唇の端に泡をためながら、洋二が絶叫した。

人の好さそうな笑みは完全に消え、そこには恐怖に引き攣った顔だけがある。健康的に日焼けしていたはずの肌も、気づけば死人のように青ざめていた。

「どうしたのさ、お父さん。急にどうしたの？」

生き別れになっていた父親との再会なのだ。感動を台無しにされた失望感がこみ上げてくる。颯太はあぜ道に足を踏み出し、立ちこめる草いきれと土の匂いの中を洋二に近づいた。

「来るな！　許してくれ。もう、俺を許してくれよぉ！　お、おまえ、どこまで俺を苦しめたら気が済むんだ！」

腰から下を泥に沈めたまま、洋二は後ろに下がろうとする。足がぬかるみで滑り、洋二は何度も泥の中に倒れ込んだ。全身が泥だらけになっている。かわいそうなほどの取り乱し方だ。颯太の胸の内に、罪の意識がこみ上げてくる。

「僕は別にお父さんを責めているわけじゃないんだよ。ただ、一目会ってみたかっただけなんだ」

颯太は弁解しながら、洋二に向かって手を伸ばした。

顔を歪めて悲鳴を上げ、その手がなにか禍々《まがまが》しいウイルスにまみれた注射針ででもあるかのように、洋二は背中を向けて泥の中を必死に逃げようとする。

「近寄るな！　もう許してくれ！」

首だけ捻《ひね》ってこちらを向き、颯太に向かって怒鳴り声を上げる。

「なに言ってるんだよ。お父さん……、ぼ、僕だよ……。あなたの子供の颯太だよ。なにを怖がってるんだよ？」

颯太はそれ以上追うこともできずに、泥の中でもがいている父親を見下ろした。やっと会えた父の姿はあまりにも痛々しいものだった。

手紙に書いてあった「病気」というのは、心の病気のことだったのだ。悲鳴を上げて転げまわっている父親を見下ろしながら、颯太はそう確信した。

そのとき、甲高い叫び声が背後で聞こえた。朱里かと思ったが、朱里はすぐ後ろで、やはり颯太と同じように、あまりの光景に呆然と立ちつくしていた。それに、声はもっと遠くのほうから聞こえてくる。

日差しがまぶしい。手で庇《ひさし》を作って声のするほうをうかがうと、乾ききったアスファルトの上を老婆が走ってくるのが見えた。

青い割烹着のような上着に、ベージュ色のダボッとしたパンツ。足元は泥にまみれた長靴だ。年齢は七十代ぐらいだろうか。少し太り気味で、チリチリのパーマをかけた髪は染めているらしく不自然なほど黒々としている。

「私の息子になにをしたのよッ」

女は颯太と朱里を押しのけて田んぼの中に飛び込み、稲をなぎ倒して洋二のもとまで這い寄った。

洋二を「私の息子」と呼ぶのだから、この女性が手紙の送り主――颯太にとっての祖母である秀島和子なのだろう。物心ついて以来、初めて会う祖母……。その祖母は今、颯太に対して憎しみのこもった目を向けている。

「洋二、どうしたんだい？　いったいなにがあったの？」

錯乱している洋二には、もう母親の顔もわからないらしい。息子をなだめるために抱きしめる和子を、必死に払いのけようともがいている。それでも、恐怖のあまり身体をうまく動かすことができないのか、獣のような悲鳴をあげるばかりだ。

「違うんです。僕たちはなにもしてないです。僕が名乗ったら、急におかしくなっちゃったんです。おばあさん、僕、その人の子供なんだ。僕、颯太だよ。お父さんのお母さんだったら、僕のおばあさんでしょ？　僕のことを知ってるでしょ？　ねえ、おばあさん」

険しかった和子の表情がわずかに緩みかけたが、すぐにまた今度は能面のように無表情になった。祖母としての感情を必死に抑えているかのようだ。少なくとも実の孫を見る目ではない。

「帰っておくれ。あんたらとはもう縁を切ったんだ。洋二はあれからも入退院を繰り返して、最近やっと普通の暮らしができるようになったばかりだっていうのに……。あのあばずれ女が約束を破りやがって……」

悔しそうに老婆は言った。

そのあいだも、泥まみれになり、手足を硬直させ、口から泡を噴き、見開いた目を颯太に向けながら、洋二はなんとか少しでも離れようともがいている。

いったいなにがそんなに怖いのか？　泥まみれになった滑稽な姿。まるで、まったく泳げない人間が水の中に放り込まれたかのようなあわてふためき方だ。

いい歳して、みっともない。哀れな姿だな。

颯太がそう思ったとき、後頭部の辺りがずきんと疼き、視界が暗くなった。同時に、足元にいきなり穴が開いたかのように身体がズンと沈む感覚があった。

なにがどうなったのかわからない。次に景色が戻ってきたとき、老婆は目を見開いて颯太を見つめていた。

老婆だけではない、朱里までが颯太を呆然と見つめている。

ふたりの目の光の中には、得体の知れない不気味な生き物を見たときのような嫌悪感がたっぷりとあった。

「……どうして？　どうして、そんな目で僕を見るの？」

颯太はふたりの目に気圧《けお》されて、一歩、後ろに下がった。

洋二はさらに取り乱し、わけのわからないことを叫びながら、水遊びをする小さな子供みたいに泥の中でただ手足をバタバタさせている。

「ずっと死んだものと思っていたのに、生きてるってわかったから、それなら自分のお父さんがどんな人なのか一目見たくて訪ねてきただけなんだ。別にお父さんを責めてるわけじゃないんだよ。離婚したのには、きっと理由があったんだろうし、そんなことはかまわないし、僕がとやかく言うことじゃないし……」

颯太は必死に弁解したが、祖母の嫌悪感を拭い去ることはできないらしい。

暴れる洋二の身体を抱きしめながら、和子は強張った顔を左右に振り、かすれた声をなんとか絞り出した。

「洋二は狂ってるわけじゃなかったんだ。全部、本当のことだったんだ……。鬼……。おまえは鬼だ……。鬼だ……。帰れ！　もう帰ってくれ！」

のたうちまわっている洋二とともに、老婆は泥まみれになりながら少しでも颯太から離れようとあとずさっていく。

「颯太君、もう行こ」

不意に我に返ったように、朱里が颯太の腕をつかんだ。

「ごめんなさい。私たち、帰ります」

まだ暴れている洋二と憎悪の言葉を投げつづける老婆に向かって深々と頭を下げると、朱里は颯太の手を引いて駅のほうへと歩き始めた。

「ちょっと待てよ。おい、痛いって」

爪が手首に食い込む。颯太の抗議も聞かずに、朱里は無言でどんどん歩いていく。怒っているのだ。それも、今までに見たこともないぐらいに。

颯太はもうそれ以上なにも言うこともできず、無言で朱里に従った。

10

「じゃあ、大西《おおにし》、この数式を解いてみろ」

数学教師の飯岡道夫《いいおかみちお》が出席簿をのぞき込んだまま言った。大西以外の生徒がみんな一斉に肩の力を抜いた。ただひとり、大西だけが困ったように首を傾げながら前に出ていき、チョークを手に取った。

「さっさと解け。ちゃんと授業を聞いてれば解けるはずだぞ」

黒板を睨みつけてじっと動かない大西に、飯岡は銀縁メガネのツルを指でつまみながら冷ややかな口調で言った。

四十代後半の飯岡はベテラン教師の部類に入るが、生徒にはまったく人望がない。爬虫類を思わせるネチネチした態度が、生徒たちから疎ましく思われる理由のひとつだ。

今日もまた、数式を解くことができない大西に向かって、厭味《いやみ》な言葉を吐きつづけている。

その様子を見ているのがいやで、颯太は何気なく窓の外に視線を向けた。遠くのほうには西新宿の高層ビル群が見えるが、少し近くに視線を向けると校庭を取り囲むように植えられた樹の葉が残暑厳しい日差しを受けて濃い緑色に輝いている。

その緑を眺めていると、半月前に訪ねた父が暮らす町のことが思い出された。

牧歌的な風景とは似つかわしくない、最悪の再会だった。涙々の感動の再会を期待していたわけではなかったが、もう少しましな再会劇になると思っていた。それなのに、あんなことになるなんて……。

しかも、帰りの電車の中で、朱里は一言も口をきいてくれなかった。いくら話しかけても返事はおろか、目も合わせてくれない。行きの電車内での初デートみたいなむず痒い雰囲気とは違い、ふたりのあいだには重苦しい空気ばかりが澱《よど》んでいた。

感動的な父と子の再会に立ち会えると思っていたのに、あてが外れて悲惨な状態の男の姿を見せられたことを怒っているのだろうかと思ったが、朱里がそんな女の子ではないことを颯太はよく知っている。

きっと、その他になにか気に食わないことがあったのだろうとは思ったが、本当に最悪なのは、実の父に完全に拒絶された自分のほうなのだ。優しい言葉をかけてくれるならまだしも、ずっと顔を強張らせてそっぽを向いて黙り込んでいるなんて……。

どうしてそんな態度をとることができるのか？　信じられない。せめてなにが気に入らないのか、それを聞かないと収まりがつかない。

家の最寄り駅の近くまで来たとき、我慢しきれずに颯太は朱里に訊ねてみた。

「さっきから、なにを怒ってるんだよ？」

思いがけず棘を含んだ声が出てしまった。だからというわけでもないだろうが、振り返った朱里の目つきは颯太の言葉以上に険しかった。

「どうして笑ったの？」

朱里の口から出た問いかけの意味がわからない。

「なんのことさ」

「どうして、あのとき笑ったりしたの？」

声が微かに震えている。どうやらそれは怒りのためのようだ。朱里はなにかにすごく腹を立てていた。

「……あのときって？」

「颯太君のお父さんが田んぼの中で、必死にもがいていたときよ。颯太君、笑ったでしょッ」

「なに言ってんだよ。僕が笑っただって？」

顔に曖昧な笑みが浮かんでくるが、それは完全な笑みになる前に自然に消えた。この状況で朱里が冗談を言うわけがない。

「そうよ。面白いコントでも見てるみたいに、お腹を抱えて、呼吸が苦しくなるまで笑ってたじゃないの。それだけじゃない。おい、秀島。いいざまだな。おまえはもう地獄行きだ。未来永劫、地獄で苦しめばいいさ、って言いながら笑ってたじゃないの」

ってていたのだ。

あのときの祖母と朱里の嫌悪のこもった眼差しの意味がわかった。颯太が笑ったことを怒っていたのだ。だが、颯太にはそんな記憶はない。

……待てよ。悲鳴を上げながら水田の中を転げまわる父を見下ろしているとき、一瞬、シャッターを下ろしたように目の前が真っ暗になった。

すぐに現実の景色が戻ってきたが、あのとき、意識は途絶えていたのかもしれない。そのあいだに、僕は自分の父親が哀れに許しを請うているのを見て笑っていたというのか？　だけど、どうして？

「颯太君の気持ちはわかるよ。ずっとなんの連絡もしてこなかったお父さんに対して面白くない感情を持っているのも仕方ない。でもだからって、あの状況であんなひどいことが言える人だとは思わなかった。がっかりよ。なんか、もう顔も見たくないって感じ。私、先に帰るね」

鞄を胸に抱きしめて立ち上がり、朱里は小走りに車両の出口に向かった。いつの間にか電車は颯太たちのマンションの最寄り駅に到着していた。

当然、颯太も降りなければならないのだが、頭が混乱していて、立ち上がるには身体をどういうふうに動かせばいいのかわからない。そうしているあいだにも電車の扉が閉まり、再び動き出してしまった。

結局、颯太が電車を降りたのは、二駅乗り越してからだった。

不意に目の前が暗くなったように感じて顔を上げると、飯岡が横に立っていた。銀縁のメガネの向こうで、一重瞼の目が不機嫌そうに見下ろしている。

「今は授業中だぞ。物思いに耽《ふけ》っていいと思うのか？」

大きな木製のコンパスで頭を叩かれた。飯岡は軽く叩いたつもりなのだろうが、派手な音がした。他の教師の授業ならみんな笑ったかもしれないが、飯岡にはそういった笑いは通用しないことを知っているので教室は静まり返っている。

颯太は何気なく頭に手をやった。叩かれたところが痺れている。手のひらで押さえながら飯岡を見上げた。中年教師は唇の端を歪めて軽蔑しきった顔をしている。

「なんだ、その目は？　なにか文句があるのか？」

いつものねちっこい生徒いびりが始まった。今日の標的は颯太だ。でも、ただ耐えることしかできない。

「母親がスナックなんかやってると、子供がまともに育つわけないか。ほら、授業は真面目に受けなきゃいけないんだよ」

飯岡が再びコンパスを振り下ろそうとした。そのとき、いきなり身体が硬直した。鼻先で手を打ち鳴らされたように、颯太はビクンと身体を震わせて背筋を伸ばした。

ふと気がつくと、教室の中がざわついていた。飯岡は首まで真っ赤になり、歯ぎしりしながら颯太を睨みつけている。

「先生……、どうかしましたか？」

颯太はおそるおそる訊ねた。飯岡はなにか言いたそうに唇を動かすものの、怒りのあまり言葉にならないといった様子で、結局、ふんッと鼻を鳴らすと、まだ授業時間は終わっていないというのに教室から出ていってしまった。

扉が乱暴に閉められると、教室のあちこちからため息が漏れた。

「すげえなあ、白石。あの飯岡にあんなことを言うなんて」

前の席の生徒が振り返って、鼻の穴を大きくひろげながら言った。

「あんなことって？」

「『たとえ生徒に非があったとしても体罰は許せません！　教育委員会へ連絡して問題にしますよ！』って、俺も一度言ってみたいよ」

「僕が？　飯岡先生に？」

振り返ると、朱里と目が合った。朱里は慌てて目を逸らしてしまった。顔が強張っている。錯乱している父親を見て笑っていたあの日の颯太と、今また再会したとでもいうように、新たな怒りに頰を紅潮させていた。

11

一日の授業をすべて終え、上履きをスニーカーに履き替えて校舎から出ようとしたとき、背後から颯太を呼び止める声がした。

「白石君、ちょっと待って」

振り返ると、秋山美穂が廊下を駆けてきた。

「話があるの。職員室まで一緒に来て」

数学の授業中にぼんやりしていたことが、担任である美穂にも伝わっていたのだろう。颯太は叱られるのを覚悟した。

放課後ということもあり、教師たちはほとんど職員室にはいなかったが、残っていた数人が一斉に颯太に注目し、問題児が来た、というふうに苦笑してみせた。

最近は授業中にぼんやりしていて怒られてばかりだ。自分でもどうなっているのかわからない。父親との苦い再会や朱里に嫌われたことを気にして、といったレベルではない。ひどいときなど、ふらふらと教室から出ていこうとして止められ、自分が歩きまわっていたことに初めて気がついたりするなどということもあった。

そんなことが何度も繰り返されるものだから、クラスメイトからは『夢遊病』と渾名《あだな》をつけられてしまったほどだ。

「白石君、最近どうしたの？　今日も数学の時間にぼんやりしてて、飯岡先生に叱られたんでしょ？　飯岡先生は怒ってらしたわよ。生徒からあんな反抗的な態度をとられたのは初めてだって」

やはりその話だ。颯太は両手を腰の後ろで組んだ体勢でうなだれた。自分ではなにも覚えていないが、みんなが口裏を合わせて颯太をだまそうとしているとは思えない。飯岡先生に、体罰はいけないことだと抗議したのは本当なのだろう。

「すみません」

「あなたは真面目な生徒だったのに、先生、心配だわ」

怒られるのを覚悟していたのに、美穂は意外なほどやわらかい声で言った。その戸惑いが顔に出たのだろう、美穂は優しく目を細めた。

「よくあるのよ。思春期になると、急に人が変わったようになっちゃうってことが。特に男の子は、髭《ひげ》が生えて、身体つきがゴツゴツしてきて、ついこの前までは女の子のように可愛かった子が、ほんの数週間でおじさんみたいになっちゃったりして。まあ、第二次性徴期だから、そういう肉体的なことは仕方ないんだけど、肉体の急激な変化に心の成長がついていけなかったりして精神が不安定になったり……」

精神が不安定……？　自分の意識とは無関係に父親の悲惨な姿を見て大笑いしているのだから、精神が不安定もいいところだ。

自嘲的な思いがこみ上げてくる。父親も精神の病を抱えているようだった。そういう病は遺伝するのだろうか。ひょっとしたら……。

「先生は心配なの。白石君はなにか悩み事があるんじゃないの？」

美穂の目には親密な光があった。まるで恋人か、すごく親しい人間を見るかのような……。

秋山先生は絶対に颯太君に気があるよ、という朱里の言葉が思い出される。

まさか、そんなことがあるわけがない。相手は男子生徒たちの憧れの女性である秋山先生なのだ。颯太は都合のいい考えを振り払おうと頭を振った。

「ねえ、私にはなんでも話してちょうだい」

大きな瞳がすぐ近くで颯太を見つめている。心臓が激しく鼓動を刻み、呼吸が苦しくなる。

今すぐ逃げ出したいような、いつまでもこうしていたいような葛藤《かっとう》が、颯太の身体を真っ二つに引き裂きそうになる。

そのとき、ぐらりと視界が揺れた。

「美穂にそんなふうに心配されるなんて、なんだかくすぐったい気分だよ」

遠くのほうで男のつぶやきが聞こえた。永い眠りから目を覚ましたばかりのような低くて嗄《しゃが》れた声。

すぐにまた放課後の職員室の光景が戻ってきた。現実感が蘇るその最後の瞬間に、自分の唇が動いているのが微かに感じられた。

今聞いた嗄れた声は、颯太の口から出た声なのだ。

颯太はすかさず美穂の表情をうかがった。顔が強張っている。まただ。あの日、祖母と朱里に軽蔑されたように、美穂まで怒らせてしまった。

「すみません。先生に失礼なことを言っちゃって。だけど僕、自分でもよくわからないんです。なんでこんなことを言っちゃうのか」

今度はまだ完全に声変わりしきっていない少し高い声が出た。その声で我に返った美穂が、微かにかぶりを振った。

「ううん、いいのよ。気にしないで」

生徒に生意気な口をきかれて怒っているわけではなさそうだ。信じられないものを目にし、耳にして驚いているのだ。美穂の見開かれた瞳が潤みを増していく。

その瞳を颯太は見つめた。美穂が無言でうなずく。この人は信用できる。そんな確信が湧いてきた。颯太は自分の悩みを打ち明けることを決心した。

「僕……、覚えてないんです」

「覚えてないって、どういうこと？」

「なにかしゃべったりしているらしいんですけど、ほんとになんにも覚えてないんです。今日も飯岡先生に反抗したってみんなが言うけど、僕にはそんなことをした覚えは全然ないんです。それだけじゃなくて……」

強烈な陽の光が照りつける田園での出来事を話すには、さすがに抵抗があった。話せばきっと軽蔑される。だが、話さないではいられない。

自分でもわけがわからない出来事だ。うまく説明はできない。どの程度、美穂に伝わっているのかわからないが、颯太は両拳を強く握りしめながら必死に言葉を探した。

ここ最近悩んでいたことを初めて言葉にすると、自分で思っていたよりもずっと苦しんでいたのだと感じた。話しながら、鼻の奥がツンとして、胸の奥がむずむずして、声が震え、すぐに颯太はしゃくり上げるようにして泣き始めた。

もう中学二年生だ。女性の前で泣くなんて格好悪いと思いながらも、一度溢れ始めると涙は止まる気配を見せなかった。

横隔膜が痙攣《けいれん》して、うまく呼吸ができない。苦しい。そんな颯太の手を、美穂がそっと握りしめた。

「大丈夫、心配しないでいいわよ。私はあなたの味方よ」

顔を上げると、美穂が優しく微笑んでいた。

12

季節の移り変わりは早い。まだ五時過ぎだというのに、街はうっすらと夕闇に包まれ始めていた。昼間のにぎやかさとはまた違う喧噪《けんそう》を漂わせている駅前の細い道を、秋山美穂の乗ったタクシーが慎重に進んでいく。

隣に視線を向けると、白石颯太はシートに深く身体を沈めてぼんやりと前を見つめている。教師と生徒の関係を超えてしまっているのは確かだ。そんなことはわかっていたが、このままなにもなかったものとしてやり過ごすことはできない。

颯太の横顔は美穂の記憶にある人物の面影とはまったく違う。やはり私の気のせいなのかしら？　気のせいに決まってるわ。それを今から確認しに行くのよ。

さっきのあの声——職員室で颯太の口から出た声を聞いたとき、身体中に鳥肌がひろがった。もっとも、白石颯太と初めて会ったときから、なぜだかその存在が気になって仕方なかった。

入学式のとき、真新しい学生服に身を包み、緊張した面持ちで整列している新入生たちのあいだを歩いていると、不意にひとりの生徒——颯太に目がとまった。初めて見る顔であるはずなのに、どこか懐かしさを感じさせる。

じっと見つめている美穂に気づくと、颯太はハッとしたように目を見開き、そのあとに親しげな笑みを浮かべてみせた。まるでよく知っている人物と再会したときのように。そしてまたすぐに、新入生らしい緊張した顔に戻ってしまった。

もちろん美穂と颯太は初対面だった。だが美穂も、理由はわからないが、颯太が自分にとって特別な存在であると感じた。

そして、運命に導かれるようにして、美穂は颯太の担任教師となった。偶然などではない。そう、それは必然だったのだ。

さっき放課後の職員室で見つめ合っていて、その思いはさらに強くなった。ときどき自分がなにをして、なにを話したのか覚えていないことがあると、涙を流しながら告白する颯太。不安げなその瞳が美穂に、真実を確かめる勇気を与えてくれた。

「先生の知り合いにクリニックをやってるお医者さんがいるの。もし白石君がいやじゃないなら、その人に相談してみない？　見た目は頼りないけど、精神科医としては信用できる人だから」

美穂の言葉に颯太は困惑の表情を浮かべたが、「それでよくなるなら診てもらいたい」と小さくうなずいたのだった。

「そこで停めてください」

仕事帰りや学校帰りの人、それに夕飯の食材を買いに行く主婦で道が混み合っている。タクシーはなかなか進まない。宮下和也《みやしたかずや》のクリニックはもうすぐそこだ。ここからなら歩いたほうが早い。

颯太と一緒にタクシーを降りて、商店街をさらに駅のほうに向かって少し歩いた。一階に不動産屋が入っているビルの二階まで細い階段を上ると、木製の大きな扉が現れた。その真ん中に「本日休診」のプレートが掛けられている。

オフホワイトに塗られた壁に取り付けられたインターフォンを押すと、「開いてるよ」とやわらかな男の声が答えた。扉はスライドドアなので、横に引くとまったく音もなく開いた。患者に無用なストレスを与えないための心配りだ。

「やあ、お待ちしてましたよ」

間接照明に照らされた待合室のソファーに座っていた宮下和也がおもむろに立ち上がり、なにか腹に一物ありそうな慇懃《いんぎん》な口調で言った。

鼻の頭と目の下辺りが少し赤くなっている。今日も午前中、サーフィンをしに海に行っていたのだろう。もともと色白だから、日に当たるとすぐに赤くなるのだ。

背が高く、引き締まった身体。屈託のない笑顔に白い歯が光る。人の心の奥底をのぞくなんてこととは無縁そうな、健康的でさわやかなルックスだ。

およそ精神科の医者らしからぬその佇《たたず》まいは、かえって患者たちを安心させるらしく、三年前に開業した宮下のクリニックには、連日、心の悩みを抱えた人たちが押し寄せていた。

しかも宮下は毎週日曜日には、希望者に対して保険外診療として催眠療法を行っていた。

そんな宮下にとって、完全な休診日である木曜日——つまり今日は唯一ゆっくりできる日であるはずだった。

「ごめんなさいね。急に連絡して」

「連絡をくれるのはうれしいよ。精神科医としての僕にでなければ、もっとうれしいんだけどね」

皮肉っぽく言いながらも、笑顔がすべてを帳消しにしてしまう。宮下はそんな魅力を持っていた。

美穂が宮下と知り合ったのは、もう八年ほど前になる。

大学を卒業して教師になったばかりのころ、美穂は心と身体のバランスを崩してしまった。

在学中は仕送りを一切もらっていなかったのでアルバイトをいくつも掛け持ちして学費と生

活費を稼ぎ、寝る間も惜しんで勉強した。

そして、ようやく夢だった教員になれたことで、達成感とともにぽっかりと心に穴が空いてしまったのだ。

動悸や胸の圧迫感、不眠といった身体症状の他、常に虚脱感につきまとわれるようになった。あれほど望んでいた教員という職業にやりがいも感じられず、なにもする気になれない。

思い悩んだ末に、初めて大学病院の精神科を受診した。そのとき担当してくれたのが、医者になりたての宮下だったのである。

「まだキャリアが浅くて、未熟だったからさ」

ふたりが付き合い始めたいきさつを話すとき、冗談なのか本気なのか、宮下は決まってそう言って笑った。

精神科の場合、患者は自分の心の隅々まで晒してすべてを委ねるために、医者に対して恋愛感情を抱きやすいと言われている。それは転移と言われる現象で、その反対に、すべてを委ねてくる患者に対して医師が恋愛感情を抱くことを逆転移という。

職業意識の欠落という観点からも、治療者が逆転移を起こすことは恥ずべきこととされている。だからふたりが恋愛関係に陥ってしまったのは、宮下が新米医師だったためのアクシデントだったというのだ。

転移でも逆転移でも、そんなことはどうでもよかった。そのころ、宮下が美穂の心の支えになってくれたことは事実なのだ。

薬物療法と併せて行ったカウンセリングの甲斐もあって、半年もすると美穂はもう病院に通う必要はなくなった。それでもふたりの恋愛関係はつづいていた。

ただ、最近はお互いの仕事が忙しく、少し距離ができかけていたのだ。そんな美穂から久々に「会いたい」と電話がかかってきたのに、その用件が自分の担任している生徒を診てほしいという内容だったのだから、宮下がいじけるのも無理はなかった。

「さあ、遠慮しないで中に入って。今日は君の貸し切りで、他に患者さんはいないからね」

入口のところで不安そうに立ちつくしている颯太に、宮下が声をかけた。

欧米では誰もが気軽に精神科にかかるが、日本ではまだ心の病気には根強い偏見がある。美穂でさえ初めて大学病院の精神科にかかるときはかなり迷ったのだから、颯太が不安に思うのも無理はないだろう。

「僕、やっぱり病気なんでしょうか？」

颯太がぽつりと言った。

「ううん。病気だなんて思ってないわ。だけど、悩んでいるんだったら、一度カウンセリングを受けてみたらずいぶん楽になると思うの。私も微妙な年頃の子供たちを相手にする仕事だから少しは勉強したんだけど、どうせなら本職の人のほうが効果があるだろうし。それに宮下先生は私の友人だから、遠慮することはないのよ」

「友人か」

美穂の言葉を聞いた宮下が苦笑した。

生徒に向かって「私の恋人なの」と紹介するわけにもいかないのはわかっているはずだ。軽く睨みつけると、宮下は肩をすくめてみせた。三十三歳にもなって、まるで子供のような態度だが、今はこの問題児を教育している暇はない。

もっとも医師としての職業意識はしっかりと持っているようだ。颯太に対しては、普段通りの柔和な顔を見せている。

「じゃあ、さっそく話を聞かせてもらっていいかな。どうぞ、そこに座って」

診療室に導き入れると、宮下はソファーに座るように颯太を促した。診療室といっても病院のように味気ない内装ではなく、山小屋をイメージした材木が剝き出しの状態だ。

休診日ということもあり、今日の宮下は白衣を着ていないので、よけいにここがクリニックだとは思えない。

おまけに天井の隅に据えつけられたスピーカーからは小さな音でクラシック音楽が流れていて、机の端に置かれたボトルからはアロマオイルの香りが漂っている。

それらは患者を緊張させない効果を狙ったものなのだろう。

颯太が革張りのソファーに腰掛けると、宮下は背もたれを四十五度にリクライニングさせ、颯太からは見えない位置に腰を下ろした。

正面ではなく背後の顔が見えない位置に腰掛けたほうが、患者の自由な発言を引き出せるらしい。昔、美穂が診療を受けたときもそうだった。

美穂は邪魔にならないように、ふたりの死角になる扉のところに椅子を持ってきて座った。

「秋山先生からは、白石君がなにかに悩んでいるって話だけしか聞かされてないんで、いったいどういうことに悩んでいるのか、僕にも話してもらえるかな？」

囁くように宮下は言った。職業上のテクニックなのだろうか、宮下の声は適度に低く、心地よい響きで聞く者の心を安心させる。

「僕は……。僕は……」

颯太は必死に言葉を探しているものの、最初の一言が出てこないようだ。美穂にはなんとか心を許してくれたが、いきなり初対面の大人の男性に対してはそうもいかないのだろう。

リラックスできるようにという雰囲気作りにも限界があるというわけだ。それほど颯太の抑圧は大きいのかもしれない。

「緊張しなくていいんだよ。恥ずかしがらないで、心に思い浮かぶことをなんでも話してくれればいいんだからね」

そう言うと、宮下は再び黙り込んだ。そして、颯太がしゃべり出すのをじっと待つ。静かにモーツァルトが流れている。少し照明を落とし気味の診療室。時間は緩やかに過ぎていく。気が短い美穂には耐えられないほど長く感じるが、この時間が大切なのだそうだ。

なにかこちらから質問したりして告白をリードしてはいけない。自分の言葉で最初になにを打ち明けるかが、本人が抱えている問題を明るみに出すことにつながるのだ、と宮下に教えてもらったことがあった。

「僕、ときどき自分が……」

話そうとすると、喉が詰まったように声が細くなり、そのまま颯太は黙り込んでしまう。なにかが颯太の心に蓋をしているのだ。

そのとき、急に颯太の呼吸が荒くなった。上体を起こし、苦しげに胸に手を当て、喘ぎ始める。いくら空気を吸っても肺の中に入っていかないといった様子で、必死に息を吸おうとする。もともと色白な顔から血の気が失せ、真っ青になっていく。

「ちょっと、君。大丈夫かッ。落ち着くんだ」

宮下が慌てて颯太の肩を両手でつかんだ。

「いったいどうしたの？」

「過呼吸だ。ストレスが大きすぎたようだ。だけど心配はない。心の問題を抱えている人には、よくあることなんだ。さあ、白石君、前屈みになって意識しながらゆっくりと息を吐いたり吸ったりしてごらん」

優しく話しかけて、宮下は颯太の背中をさすりつづけた。颯太は苦しげに喉を鳴らしながら、必死にアドバイスに従おうとする。

数分ほどで、小刻みだった呼吸が、ゆったりとしたものに変わっていく。

「もう大丈夫だ」

宮下がほっとしたように言うと、颯太はぐったりとソファーに倒れ込んだ。

相当苦しかったのだろう、颯太の目は真っ赤に充血し、涙が一筋こめかみのほうに流れ落ちた。

「無理しなくてもいいよ。少し休もう」

颯太の肩をポンと軽く叩いて振り返った宮下の顔には、さっきまでの余裕はなくなっていた。思っていた以上に重症なのかもしれないな、といった表情だ。

美穂は目で合図をして診療室から待合室に出た。少し遅れて宮下が出てきた。

「ねえ、催眠術を試してみたらどうかしら」

美穂は小声で囁いた。自分の口から出たその言葉を聞いて初めて、美穂は自分が最初からそれを望んでいたことに気がついた。

宮下は毎週日曜日に、保険外診療として、希望する患者に催眠療法を施している。そのことを宮下から以前に聞いたことがあったからこそ、颯太をここに連れてきたのだ。

「催眠術だって？」

「彼の抑圧は想像以上に強いみたいだけど、催眠術を使えばそれを取り除くことができるんじゃないかしら」

宮下がうんざりしたように唇を歪めた。

「素人は催眠術を特別視しているみたいだけど、催眠術っていったって魔法じゃないんだよ。それに僕がやってるのは催眠術じゃなくて催眠療法だ」

「わかってるわ。だけど、彼の緊張をほぐすにはいいんじゃないの」

美穂は媚びを含んだ目で宮下を見つめた。それまで親しげだった宮下の顔つきに警戒の色が浮かんだ。

「君は僕になにをさせようとしてるんだ？　それに、軽い相談ならまだしも、治療となれば親の同意書だっている。勝手にそんなことはできないよ」

「母子家庭で訳ありの子なのよ……。お母さんはいつも酔っぱらっているような人なんで、真剣に相談に乗ってくれるとは思えない。だから私が、悩んでいる彼の力になってあげたいの」

「ずいぶん、あの子にご執心《しゅうしん》じゃないか。君にそういう趣味があったなんてね」

「変なことを言わないでよ。彼は私の生徒よ。それ以上の感情なんてないわ」

素っ気なく言いながらも、美穂は自分の言葉に偽りがあることを感じていた。

確かに、白石颯太は自分の受け持つクラスの生徒のひとりに過ぎないが、それだけではないような気がするのだ。

美穂は今、自分のインスピレーションを確かめるために宮下を利用しようとしていた。そのことが顔に出ないように必死にこらえたが、他人の心の奥をのぞくことが仕事である宮下が美穂の考えに気づかないわけはない。

だが、宮下自身、興味を持ったらしかった。美穂がいったいなにを知りたがっているのか、颯太の心の奥になにがあるのか、ということに。

「わかったよ。試してみよう。だけど、君が期待しているような劇的な効果は期待できないと思うよ」

「ありがとう、感謝するわ」

結局、宮下は美穂の提案を聞き入れてくれた。

「白石君、君に催眠療法を試してみたいんだけど、いいかな？」

診療室に戻った宮下が声をかけると、ソファーに座ったまま颯太が不安そうな顔を向けた。

「催眠療法……ですか？」

「催眠って言ったって、心配することはない。テレビとかではタレントに鳥の真似をさせたり、音楽がかかったら踊り出すように暗示をかけたりして面白がっているが、あんな茶番とはまったくの別物だ。催眠にかかっているあいだも、君には意識がある。いやなこと、自分がしたくないことを命じられても拒否することはできるんだ。催眠によって、よりリラックスした状態を作るだけだから、安心してくれ」

宮下にとって催眠療法は普段から行っている治療法で、なんら特別なことではない。こんなふうに事前の詳しい問診もなく、いきなり施すことは稀なのだろうが、恋人の願いを聞いて休診日に診ているというだけでも充分に特別なことだ。

「君の心の奥をのぞいてみたいんだ。そこには、なにか抑圧されているものがある。君の悩みを解決するためには、それを明らかにすることが、まずは大切なんだ」

低くやわらかな声で諭すように宮下が言うと、颯太はまだ緊張した様子ながらも、こくんとうなずいた。美穂以上に、自分になにが起こっているのか知りたいと思っているのは颯太自身なのだ。

今度は後ろではなく颯太の横に腰掛けると、宮下は催眠療法を開始した。

「じゃあ、目を閉じて楽な姿勢をとって。僕の言葉に合わせて、腹式深呼吸をしてみようか。さあ、大きく息を吸って、ゆっくり吐いて――」

13

深い海の底から浮き上がるように、颯太の意識はふっと現実の中に戻ってきた。

目を開けたとき、一瞬、自分がどこにいるのかわからなかった。やわらかな間接照明に包まれた部屋の中、聞こえるかどうかといった程度の音でクラシック音楽が流れている。微かに甘い良い香りがして、とても心地よい。

人の気配を感じて、颯太はそちらに顔を向けた。見覚えのある顔だな、と朦朧とした意識で思った。

「どう？　気分は悪くない？」

声をかけてきたのは宮下和也だ。そうだ、美穂に連れられて宮下のクリニックに来たのだった。自分は催眠療法を受けていたのだ、と颯太は思い出した。

宮下は催眠にかかっているあいだも意識はあると言っていたはずなのに、颯太には自分がなにを話したのかという記憶がまったくなかった。

「僕、眠っちゃってたんでしょうか？」

「いいや、君は眠ってはいなかったよ。催眠にちょっと深くかかりすぎたみたいだけどね」

宮下は低く嗄れた声で言った。その声は相変わらずやわらかだが、催眠療法を受ける前の親しげな様子は消えていた。

宮下はなにかに腹を立てているかのようだ。意識がないあいだに、颯太を見る目が一変したようだった。心細さから視線を巡らせて、颯太は診療室の中に美穂の姿を捜した。

美穂は扉のところで颯太に背中を向けて立っていた。手で顔を覆い、微かに肩が震えている。

「先生……」

颯太の口から漏れたつぶやきに促されて、美穂が振り返った。

目が充血していて、頬がきらりと光るのを颯太は見逃さなかった。涙だ。颯太がそう思うか思わないかのうちに、美穂は泣き顔を見られたくないというように、また素早く顔を背けた。

秋山先生が泣いている。どうして？

颯太の頭は混乱していく。ひょっとして、催眠状態でまたなにか失礼なことを言ってしまったのだろうか？

颯太はソファーから降りて美穂に歩み寄った。震える肩に手を伸ばそうとして、結局その手を身体の前で宙ぶらりんで止めたまま、消え入りそうに小さな声で言った。

「ごめんなさい。先生、僕、やっぱりなにも覚えてないんです」

「うん。わかってるわ。大丈夫よ。気にしないで。あなたはなんにも悪くないんだから」

美穂は颯太から顔を背けたまま言ったが、その直後、結局、我慢しきれないというふうに思い詰めた表情で振り返り、颯太を強く抱きしめた。

「かわいそうに……」

颯太の顔が美穂のやわらかな胸に押しつけられる。長い髪が頬をくすぐり、とても懐かしい匂いがした。

女性に抱きしめられるなんて、初めてのことだ。母である悠紀子に抱きしめられた記憶もない。それはとても心地よい感触だった。

「かわいそうに……。かわいそうに……」

美穂は抱きしめた颯太の頭を、何度も何度も優しく撫でてくれた。

催眠状態でどんな告白をしたのか訊ねたかったが、とてもそんな雰囲気ではない。医師である宮下が説明してくれるのを待ったが、「心が落ち着く薬を処方してあげるよ」と言っただけで、結局、なにも話してはくれなかった。君は知らないほうがいい。背けた横顔がそう言っていた。

14

テニス部の練習を終えたあと、友人たちとハンバーガーショップで無駄話に花を咲かせていたら、ずいぶんと遅くなってしまった。時間は七時を過ぎている。看護師をしている母親は今日は日勤だと言っていたから、もう帰宅しているはずだ。

「お母さんに叱られちゃう」

誰に言うともなくそうつぶやいて、朱里は自転車のペダルを漕ぐ足に力を込めた。

普段は川沿いの遊歩道を通るようにしていた。バイクの乗り入れ防止のために鉄柱が立っているが、自転車ならそのあいだを簡単に擦り抜けることができる。

岸をコンクリートで固められた味気ない川だったが、それでも車通りの多い道を通るよりは気分がいい。だが、今夜は遊歩道を避けて、普通に車の通る道を自転車で走っていた。

先月の台風の日、川に落ちて人が死んだ。死体が発見されたのはずっと下流だったが、頭を殴られて川に突き落とされたという話だ。その事件現場がちょうど朱里のマンションと学校の中間地点辺りらしいのだ。

学校ではさっそく怪談話が生まれていた。

日が暮れてからひとりで川沿いの道を歩いていると、ぴちゃぴちゃとまるで水遊びでもしているような音が聞こえてくる。川とはいっても都会の真ん中を流れている川だ。水はそんなにきれいなわけはない。

しかも夜なのだ。不審に思って川をのぞき込むと、血まみれの男が自分の血で水遊びをしていて、見られていることに気がつくと、「見たなぁ」とひび割れた声で叫びながら足をつかんで川に引きずり込み、見た人間を水死させるというものだ。

馬鹿馬鹿しい。子供だましもいいところだ。

実際にあの事件以降、川で誰かが溺れ死んだなんて話は聞いたことがない。それに、もしも見た人間が足をつかまれて水死させられたのだとしたら、自分の血で水遊びをしていた男の話は誰が言いふらしたというのか？

すべてはつまらない作り話でしかない。そう思いながらも、やはりいい気持ちはしないので、朱里はここのところ、日が暮れてから川沿いの遊歩道を通るのを避けるようにしていた。

だが、駅前の通りは商店の看板や商品がはみ出して陳列されていて、それでなくとも狭い歩道がほとんどなくなってしまっていた。歩行者でさえ窮屈な状態なので、自転車は車道を走らないわけにはいかない。

その車道も車二台が擦れ違うのが精一杯だ。たまにスピードを上げて走り抜ける車がいると、身体がぶつかりそうに思えて怖い。

タイミング悪くコンビニの前の道路脇に車が停まっていた。やっぱり川沿いの遊歩道を通って帰ればよかった。

こんなところに車を停められたら邪魔なのよね。ほんと、いい加減にしてほしいわ。

心の中で悪態をつきながら車道の真ん中にふらりと移動した朱里のすぐ横を、車が擦り抜けていった。風が制服のスカートをはためかせるほど近くをだ。

背中がひやりとして、少し遅れて全身がかっと熱くなった。

「あぶないじゃない！」

声に出して言ってから、朱里はその車の後部座席に座っている人影に気がついた。後頭部しか見えないが、それは颯太に間違いない。長い付き合いなのだ、朱里が颯太を見間違うなんてことはあり得ない。

「どうして颯太君が車で送られてくるの？」

親戚との付き合いもない颯太には、ああやって車で送ってくれる人などいないはずだ。どういうわけか、朱里は胸騒ぎがした。

同じクラスなので毎日顔を合わせていたが、颯太とはあの日――颯太の父親に会いに行った日以来、口をきいていない。

あのときは頭に血が上ってひどいことを言ってしまったが、よく考えてみれば、自分を捨てた父親にわざわざ会いに行ったのにいきなりあんな反応をされたのだから、颯太が普通でいられなかったのも無理はない。

その悔しさが、怯える父親を笑うという行為になったのだろう。颯太も傷ついていたのだ。それなのに、彼の気持ちをわかってやれなかった自分が腹立たしかった。ずっと昔から、いつだって朱里は颯太の味方だったというのに……。

このまま冷戦がいつまでもつづくのはいやだ。学校では他の生徒の目もあって素直になれなかったが、今度、颯太とふたりっきりになる機会があればきちんとあやまろうと思っていた。

朱里はペダルの上に立ち上がり、全体重をかけて自転車のスピードを上げた。

短い駅前商店街を抜け、小さな橋を渡って最初の角を右に曲がったところに颯太と朱里が暮らしているマンションがある。大急ぎで角を曲がろうとすると、ちょうど車がブレーキランプを灯らせて停止するのが見えた。

とっさにハンドルを切って交差点を通り過ぎ、朱里は自転車を降りて電信柱の陰からそっとのぞいた。なぜだか、自分の姿を見られてはいけない気がしたのだ。

後部座席から降りてきた颯太は、車に向かって小さくお辞儀をしてからマンションの入口に向かった。朱里の位置からでは、車を運転しているのが誰なのかは見えない。そのことが歯痒い。

だが、心配する必要はなかった。颯太がエントランスの手前でぴたりと足を止めた。車の中から呼び止められたらしい。

助手席のドアが開き、中から女が降りてきた。秋山美穂だった。

どうして秋山先生が？

美穂は小走りに駆け寄り、なにか話しかけながら颯太の手を握りしめた。離れているので朱里には声は聞こえない。遠目に見る限り、美穂の横顔はなにか痛みをこらえているかのように苦しそうだ。それに対して颯太は、なぜ美穂がそんな顔をするのかわからないといった戸惑いの表情を浮かべている。

教師が生徒の手を握りしめるなんて、それだけでも朱里から見れば異常なことなのに、次の瞬間、美穂はいきなり颯太を抱きしめた。

裏道に入ったところだったが、まだ七時過ぎなので少しは人通りもある。それなのに、美穂は人目をはばかることなく颯太をきつく抱きしめているのだった。

たっぷり数十秒も抱きしめてから、ようやく美穂は颯太から離れた。そして、美穂がなにか声をかけると、颯太はまたぺこりと頭を下げてマンションの中に入っていった。

颯太がマンションの中に消えてからも、美穂はその場にじっと立ちつくしていた。クラクションが短く鳴った。美穂がしぶしぶ助手席に乗り込み、車は走り去った。

「ちょっとぉ。これ、どういうことよ？」

朱里は声に出して言ってみた。車を運転しているのは別の人間だった。ふたりきりではなかったということが、よけいに朱里を混乱させた。

颯太に対してあやまらなきゃ、という思いはもうすっかり消えていた。代わりに、やり場のない腹立ちがこみ上げてくるのを感じた。

15

園部が死んでから、眠れない夜がつづいていた。

ゆうべもなかなか眠れずに、悠紀子はひとりで浴びるように酒を飲んだ。酔いつぶれて眠ったのが明け方のことだ。

アルコールの力を借りて無理やり潜り込んだ眠りは浅く、起きているのか眠っているのかよくわからない状態で、悠紀子は何度もベッドの上で寝返りを繰り返した。

そんな眠りの浅瀬で、悠紀子は恐ろしい夢を見た。死者が地面の下から蘇ってくる夢だ。土の中から突き出てきた傷だらけの手が悠紀子の足首をつかみ、地中に引きずり込もうとする。

もがけばもがくほど、悠紀子の身体は蟻地獄にはまった蟻のように土の中に埋まっていく。これは夢だ。こんなことがあるわけない。なんとか目を覚まそうとしても、浅いと思っていた眠りは案外深く、いっこうに現実の中に悠紀子を解放してはくれない。

「助けて！　誰か助けて！」

必死に叫ぼうとしたが、喉が狭まり、か細い笛の音のような声が微かに出るだけだ。すぐに首もとまで土に埋まってしまった。それでも悠紀子はもがきつづけた。

そのあいだも死者の手が悠紀子の足首に食い込み、さらに地中深く引きずり込もうとする。足がちぎれそうなほど痛い。息苦しさと痛み、両方が悠紀子を苦しめる。

もう叫び声を上げることもできない。口を開けると土が流れ込んでくるのだ。悠紀子にできることはただ必死に首を伸ばし、決定的な瞬間を先延ばしにすることだけだ。

そのとき、すぐ近くに人の気配がした。

口元まで埋まっているので首をまわすこともできず、眼球だけ動かして横をうかがうと、小さな子供が立っていた。

颯太……。

サスペンダーをつけた半ズボンを穿《は》き、後ろに回した腕を尻の辺りで組んで、腹と顎を少し突き出すようにして立ち、幼い颯太が悠紀子を見下ろしていた。

颯太！　颯太、助けて！　お母さんを助けて！

声にならない声で必死に叫んだが、颯太は母を助けようとするどころか面白そうに笑っている。その笑顔に見守られながら、悠紀子は土の中に頭まですっぽりと埋まっていく。

息を止めていられずに口を開けると、土が流れ込んで喉を塞ぐ。なんとか飲み下しても土は胃や肺にたまり、血管の中を流れる血に混じり、身体の隅々まで入り込む。

やがて悠紀子の肉体はすっかり土に溶け込み、魂だけが地上にぷかりと浮かび出て、所在なげにその辺りを漂いつづける。

まったく人気《ひとけ》のない暗い山の中。静寂に染み入るように微かに聞こえるのは、獣の吐息と、木の葉がこすれ合う音、遠くから届く鳥の鳴き声だけだ。

それらの寂しげな音に混じって、なにか硬いものがぶつかり合う音が聞こえてきた。そして、水が勢いよく流れる音……。

それが食器を洗っている音だと気がついたとき、蛇口が思い切りよく閉められる音も聞こえた。その音は引き戸の向こうから聞こえる。颯太がキッチンで朝食の後片づけをしているのだ。いつの間にか悠紀子は悪夢から解放されていたらしい。

悠紀子はベッドの上で身体を起こした。頭がズキズキ痛む。二日酔いはいつものことだが、今朝は異常に喉が渇いている。口の中に、まだ土が詰まっているかのようだ。

水を飲みたかったが、今は颯太と顔を合わせたくない。悠紀子が地中に引きずり込まれていくのをうれしそうに見つめていた颯太の顔が、脳裏にはっきりと焼きついていた。

颯太が家を出るのを待って、悠紀子はキッチンへ行った。自分が使った食器はきれいに洗って、水切りカゴの上に伏せて置いてある。

悠紀子は必要最低限しか颯太と関わりを持たないようにしていた。その結果、生きていくために颯太はなんでも自分でする習慣を身につけた。かわいそうだとは思うが、それよりも悠紀子は颯太が恐ろしかった。

口の中を入念にゆすいで、冷蔵庫から出した冷たいウーロン茶を飲んだら、少し気分がましになった。

そのとき、サイドテーブルの上に置かれた電話機が鳴り始めた。

こんな朝早くに誰だろう？　とりあえず受話器を手に取ると、耳に当てる前から女の甲高い声が聞こえた。

『もしもし、白石さんのお宅ですか？』

忘れるはずもない。洋二の母——悠紀子の元義理の母である秀島和子の声だ。以前から耳が遠く、自分が聞こえにくいから自然と声が大きくなるのだ。

「お義母さん？　悠紀子です、ご無沙汰しております」

『ああ、悠紀子さんかい？　あんたにどうしても言っておきたくてね』

久しぶりの電話だというのに、特別な挨拶はなにもなく和子はしゃべり始めた。

『なんで颯太に洋二の居場所を教えたんだい？　洋二は死んだって教えときなさいって言っといたでしょうが』

「言われたとおり、颯太にはそう教えてありますけど」

むっとして悠紀子は硬い声を出した。そうそう、和子は以前からこういう感じだった。

もともとは地主だったからか他人を見下した態度を取るところがあり、自分の息子のことばかり大切にして、その嫁である悠紀子など使用人のようにしか思っていなかったのだ。

洋二があんなことになったときも、すべての責任は悠紀子にあるように言われ、挙げ句の果てに颯太を悠紀子に押しつけ、慰謝料を払うから息子と離婚しろと和子は一方的に縁を切ったのだった。

受け取った金はスナックの開店資金になり、母子ふたりで生きていく重要な糧となった。

だが、もとはといえば悠紀子のおかげで手に入れた金のほとんどを洋二がギャンブルにつぎ込んでしまったのだから、その一部を返してもらっただけだった。和子にはなにも感謝することはない。

『あんたが教えなきゃ、颯太がどうやって洋二の居場所を捜し出してくるのさ？』

和子が金切り声を張り上げた。

「颯太が訪ねていった？　そんなわけはありません」

『私が嘘を言ってるって言うのかい？　よくそんなことが言えるね。おかげで洋二は、せっかく良くなってたのに、またおかしくなっちまって……。さっき……。さっき……』

和子の声がかすれる。どうやら泣いているらしい。鼻水を啜《すす》る音が聞こえる。

「洋二さんになにかあったんですか？」

『たった今、病院から連絡があったんだよ。洋二がシーツを裂いてそれを飲み込んで、窒息死したって。苦しかっただろうに……』

洋二が死んだ？　悠紀子が地中に引きずり込まれそうになる夢を見ていたちょうどそのとき、洋二は本当に黄泉《よみ》の国に引きずり込まれてしまった。

ショックのあまり悠紀子が黙り込んでいると、和子はまた堰《せき》を切ったようにしゃべり始めた。

『あんたの子供は悪魔だよ。発作を起こしてのたうちまわっている洋二を見ながら大笑いしていたんだ。洋二を苦しめるために、わざわざやってきたんだ。あいつが殺したんだ。私の息子をあいつが殺したんだ。あんたが差し向けたんだろう。慰謝料だって、たっぷり払ってやったっていうのに、いったいなにがそんなに気に入らないんだ！　この人殺しが！』

自分の言葉に興奮してさらに大声で叫びつづける和子の声は、受話器から耳を離していてもはっきりと聞こえる。

あんたの息子も人殺しだよ。

そう言ってやりたかったが、やめておいた。もうなにを言っても無駄だ。颯太と会って洋二が錯乱状態になったとしたら、今の和子も錯乱状態と言っていいだろう。悠紀子は無言で電話を切った。

とたんに怖くなるほどの静寂が部屋の中に満ちた。不意に背後が気になり、誰かが部屋の隅で息をひそめていないか、思わず視線を巡らせてしまう。もちろん、誰もいるわけがない。……颯太は学校に向かったのだから。

「洋二が死んだ……」

ひとつ大きく息を吐いてから、悠紀子は声に出して言ってみた。

不思議と悲しみは湧いてこない。もうずっと会っていないということもあるだろうが、悲しいという感情よりも恐怖心が勝っているのだ。

気がつくと、ノースリーブを着た悠紀子の腕には鳥肌が立っていた。慌てて手のひらで擦り、悠紀子は自分の身体を抱きしめるように腕をまわした。

いやな報せだったが、和子からの電話でわかったことがある。颯太が洋二を訪ねていたのだ。しかも、錯乱状態の洋二を見て笑っていた。さっきの夢の中のように……。

いや、もっと前にも似たようなことがあった。

悠紀子は、九年前に洋二が発狂して措置入院させられていたときのことを思い返した。病院に面会に行った悠紀子に、薬の力を借りて一時的に落ち着きを取り戻した洋二が、虚ろな目で話してくれた、あの出来事を……。

悠紀子がキャバクラのバイトに行っていて留守だった夜。勤め先を喧嘩で辞めてヒモ生活を送っていた洋二が部屋でビールを飲みながらテレビでナイターを観ていると、颯太が玄関のドアを開けて外に出ていこうとした。

「おい、颯太、どこに行くんだ？」

声をかけても颯太は無視して出ていく。返事がないのはいつものことだった。颯太は生まれてから一言も言葉を発したことがなかった。

病院に連れていくと、「心の病気です。愛情を持って育ててあげれば、いつか普通に話すようになります。焦りは禁物です」と言われた。それからもうだいぶ経つが、まったく改善の兆しは見られなかった。

「なんだよ、めんどくせえなあ。まったく、気味の悪いガキだぜ」

可愛くないと思いながらも、まだ五歳の子供だ。こんな夜遅くに、ひとりで外に出すわけにはいかない。仕方なく洋二は颯太のあとを追った。

外はむっとするような熱気が漂っていた。湿度が高く、不快指数がとんでもないことになっている。流れ落ちる汗を手の甲で拭いながら捜すと、すぐ近くで颯太を見つけた。

「おい、俺に面倒をかけんなよな」

何気なくポケットからタバコを取り出すと、もう残り少ない。ついでにタバコを買っておこうと思って、颯太の手を引いてコンビニに向かった。

そのとき、洋二は奇妙な違和感を覚えた。普段なら会社帰りのサラリーマンやＯＬがちらほら歩いている時間なのに、その日に限って誰とも擦れ違わないのだ。

まるで街全体が死んだように静まり返っていて、なんだか気味が悪くなってきた。

「タバコは明日でいいや。もう帰るぞ」

家に向かおうとしたが、颯太はその場をまったく動こうとはしない。

「いい加減にしろよ！」

怒鳴りつけると、颯太はすっと前方を指さした。その指の先には工事現場があった。これから建てるビルの基礎工事でもしているのか、地面を深く掘り起こしてある。

周囲をパイロンとバーで囲んであったが、颯太は洋二の手を振り払い、その下をくぐり抜けて切り崩した地面の端まで行き、下をのぞき込む。

生まれた直後からまったく感情を表さない薄気味悪い子供だったが、やはり男の子はこういった場所が好きなのかもしれない。そう思うと、ほんの少し微笑ましい気持ちになった。

「おい、颯太、気をつけろよ」

一人前の父親のようなことを言いながら、洋二もバーを跨いで穴の縁まで行った。颯太が今度は無言で下を指さす。

なにかあるのだろうか？　洋二は身を乗り出すようにして下をのぞき込んだ。

そのとき、足元でバチン！　と大きな音がして、右足首に激痛が走った。同時に地面が崩れたかのように、身体がガクンと沈んだ。

「な、なんだ？」

見ると、自分の右足首から血が勢いよく流れ出ている。そして、颯太が手に大きなハサミを持って立っていた。そのハサミでアキレス腱を切られたのだと気がついた。

「なにしやがるんだ、この野郎！　ああっぐぐ……」

状況を理解すると痛みがさらに強烈に感じられ、洋二は右足を抱えて悲鳴を上げながらのたうちまわった。

颯太はあやまるどころか得意げに顎を突き上げ、威嚇《いかく》するように両手でハサミを開いたり閉じたりを繰り返しながら洋二に歩み寄る。

「お……おい、やめろ。危ねえじゃねえか！」

倒れ込んだまま後ろに下がると、そこには地面がなく、洋二は頭から数メートル下へ転がり落ちた。激痛が今度は全身を襲った。その上に石が降ってくる。

見上げると、颯太が満月を背にして、こちらをのぞき込んでいた。

「あの夜もこんな月が出ていたよな」

颯太が生まれて初めてしゃべった。そのことに驚きながらも、洋二は呆けたように訊ねた。

「あの夜？」

「おまえが僕を埋めた夜のことだよ。穴の中から見えた月が、ちょうど今夜と同じ満月だったよ。どうだい、立場が逆になった気分は？　さあ地獄へ堕ちろよ」

颯太はにこりと、すごくいやな笑みを浮かべた。その顔は確かに颯太だが、もうひとつ別の顔が重なって見えた。

俺は気が狂ったのか？　いや、違う。狂っちゃいねえ。こいつは地獄から蘇ってきたんだ。

俺を……俺を代わりに地獄へ突き落とすために……。

恐怖のあまり洋二は、地面がひび割れて、その奥の暗い闇の中に飲み込まれていくような幻覚に襲われた。

「やめろ！　俺が悪かった！　だから、やめてくれ！　許してくれ！」

洋二は泣き叫んだが、颯太は……そいつは……心の底から楽しそうに笑いながら、次々に石を投げつづけた――。


「あ……あいつは……颯太は……あああああっ！」

話しているうちにそのときの恐怖を思い出したのか、洋二は興奮状態に陥り、看護師が慌てて駆け込んできて面会は中断されてしまった。

それっきり、悠紀子は洋二と会っていない。和子によって、面会を禁じられてしまったのだ。

あのときの洋二の目は心底怯えきっていたが、狂気の色はなかった。一時的に正気に戻っていた。だけど、洋二の話した内容を信じられるわけがなかった。

そんなことがあるはずがない。昔やっていたドラッグの後遺症が出ただけだ。悠紀子は必死にそう思い込もうとした。

16

部屋にひとりでいるのがいやで、悠紀子はいつもより早く店を開けた。開店と同時にひとりで飲み始めたが、ほとんど酔えなかった。

和子からの電話が、悠紀子の心を暗く支配していた。洋二が死んだ。一応、一度は愛した男だ。唯一、結婚した相手でもある。それなりにショックなことだった。

それに普通の死に方ではない。気が狂って自殺したのだ。悠紀子の心はどうしても沈んでしまう。

誰かが気を紛らわせてくれるのを期待したが、客は誰も来ない。園部の事件があってから、最近はずっと暇だった。

数日前、どうやって調べたのか、園部が事件に遭遇したのは悠紀子の経営するスナックからの帰りだった、という情報を嗅ぎつけた刑事がふたり、店にやってきた。

検視の結果、園部は何者かに頭を殴られて川に突き落とされたと断定され、捜査が進められているようだった。

刑事たちは悠紀子と園部の関係を訊ねた。もちろん悠紀子は、園部とは単なる客と馴染みの店のママという関係でしかないと言い張った。

もしも男女の関係だったと言えば、あらぬ疑いを持たれてしまう可能性もある。それは避けたかった。なるべくなら警察とは関わりたくない。

常連客たちは、悠紀子の証言に口裏を合わせてくれた。自分たちのマドンナを厄介なことに巻き込ませたくないという思いからだ。それに悠紀子が園部の死に関わっているわけがないと、みんな信じてくれている。

だが、警察は悠紀子と園部が特別な関係だったと確信しているようだった。まさか悠紀子が殺したとは思っていないようだが、なんらかの鍵を握っているかもしれないと考えているのだ。

警察では怨恨の線を疑っているらしい。店に出入りする客たちの中でも、園部は少し浮いた存在で、たまに小競り合いがあった。原因は悠紀子だ。だからスナックの常連客たちのことを詳しく聞かれた。

もちろん、悠紀子には心当たりなど、なにもない。確かにたまに揉めることはあったが、うちの店の客たちはみんな善良で殺人などできるような人はいないと答えた。

もっとも、疑われているのは悠紀子の店の客たちだけではない。いや、むしろ悠紀子の周辺の捜査は念のためといったところらしい。

近所で起こった殺人事件に、狭い町の中ではいろいろな噂が流れ始め、今まで知らなかった園部の本性がわかってきた。それによると、園部はあちこちで恨みを買っていたようだ。

会社の同僚からの借金を踏み倒したり、酔って暴れてあちこちの店で出入り禁止になっていたり、レイプまがいの求愛行動で訴訟沙汰になったこともあったらしい。

商店街の人間が知り合いの雑誌記者から聞き出した話によると、今現在、一番の容疑者と目されているのは、数年前から園部と交際していた四十代の女だという。

つまり悠紀子の他にも、同時進行の女がいたのだ。年増女に優しい言葉で近づき、金を巻き上げる。それが園部の手口だった。実は殺されても仕方ないような男だったというのが、世間がたどりついた結論だった。

そんな下らない男を愛していたのだと思うと、ほとほと自分の成長のなさにうんざりする。昔から男を見る目はなかった。少々可愛いからと、少女時代からチヤホヤされていたせいもあるのかもしれない。

大人になってからは派手な顔立ちが災いしてか、言い寄ってくるのはたいていが女の扱いに慣れた、洋二のような遊び人ばかり。いや、真摯《しんし》な態度で接してくる真面目な男も中にはいたが、なんだか重苦しくて悠紀子のほうから避けていた。

その手の男は、往々にしてひとりよがりで、自分の愛を一方的に押しつけ、いくらこちらが拒否しようとも蛇のようにしつこくつきまとう。悠紀子はそういう男が大の苦手だった。

「つまりは、自分が選んだ不幸せだったってことよね」

そうひとりごとをつぶやいて、悠紀子は自嘲気味に笑った。

結局、今夜は馴染みの客は誰も現れず、飛び込みの客がひとりあっただけだ。それも店内に漂うどんよりとした空気に気を滅入らされたのか、すぐに帰ってしまった。

長く店をやっていると、こんな夜もある。まだ日付が変わったばかりだったが早々に店じまいをして、悠紀子は同じ建物の七階にある自宅へ戻った。

玄関のドアを開けると、そのタイミングを見計らっていたかのように、靴箱の上に置かれた電話機の子機が鳴り始めた。

もうすぐ深夜の一時になる。店ならともかく、自宅の電話なのだ。こんな非常識な時間にいったい誰が？

まさか和子が、まだ文句を言い足りなくて電話をかけてきたのだろうか？　だが、年寄りで朝が早い和子が、こんな時間まで起きているとは思えない。

いやな予感がした。

静まり返った夜の中に、呼び出し音がぞっとするほど不吉に響いている。悠紀子が出るまで鳴らしつづけるつもりらしい。

悠紀子はしぶしぶ子機を手に取った。

「もしもし、白石ですが。どちら様ですか？」

耳に当て、不機嫌な声で問いかける。少し間があってから、ぼそっとつぶやくような声が聞こえた。

『僕です。もう十五年ぶりですね』

瞬間、後頭部がズンと重くなり、こめかみを締めつけられる感覚があった。見慣れた玄関の光景が、急激に遠ざかっていく。

アルコールで濁っていた意識が一気にクリアになり、また違った歪んだ現実感の中に悠紀子は落ち込んでいく。

そんなはずはない。

悠紀子は息を呑むと、声を絞り出すようにしてもう一度訊ねた。

「……誰？」

『だから、僕です。鯉沼成彦《こいぬまなるひこ》ですよ』

電話の向こうの男は微かに笑いを含んだ声ではっきりと答えた。

「嘘よ。そんなわけないわ」

たちの悪い冗談だ。笑い飛ばそうとしたが、顔が強張り、うまく笑うことができない。

『嘘じゃないですよ。久しぶりだから、愛する男の声を忘れてしまったんですか？』

最初からあんたのことなんか愛してないわ、と言い返しそうになり、悠紀子は言葉を飲み込んだ。

愛していたかどうかなど、今はそんなことは問題ではない。相手が成彦かどうかということこそが重要なのである。

『ねえ、どうかしましたか？　聞いてるんですか？　せっかく久しぶりに声が聞きたくなって電話したんですから、悠紀子さんの可愛い声を聞かせてくださいよ。それよりも、直接会いに行ったほうがよかったですか？　今は中野に住んでるん――』

男が言い終わるよりも早く、悠紀子は親指で押しつぶしそうな勢いで「切」ボタンを押した。そして、なにか誤って汚いものにでも触ってしまったかのように子機を投げ捨て、ドアの鍵が閉まっているかどうか確認し、震える指でドアチェーンを掛けた。

心臓が胸の中で飛び跳ねている。呼吸を荒くしながらドアスコープから外をのぞいたが、当然のことながらそこには誰もいない。

振り返ると、玄関マットの上に転がっている子機が目にとまった。またすぐに鳴り出すかもしれないと思ったが、死んだ小動物のようにひっそりと横たわったまま、いつまで待っても鳴り出す気配はない。

悠紀子はほっと息を吐いた。

成彦の声を聞くのは十五年ぶりなので本人かどうかははっきりとはわからないが、電話の男は確かに自分は鯉沼成彦だと名乗った。

成彦と悠紀子の関係を知っている者は誰もいないはずだ。ただひとり、死んだ秀島洋二を除いては。いや、もうひとりだけいる……。

悠紀子は子機からゆっくりと視線を上げた。

廊下の突き当たりのドアが微かに開いていて、そこから光が細く漏れてきている。リビングルームに明かりが灯っているのだ。颯太はまだ起きているのだろうか？

奥に向かって足を踏み出すと、廊下に硬い音が響いた。靴を履いたままだったことに気がつき、悠紀子は慌てて脱いで玄関の三和土《たたき》にそっと置いた。

足音を忍ばせて静かに廊下を進み、ドアノブに手をかけた。ドアを引くと、微かに蝶番《ちょうつがい》が軋《きし》んだ。

明るい部屋の中、ソファーの上で颯太は横になっていた。寝ころんで読書をしているうちに眠ってしまったのか、床の上に文庫本が落ちている。

規則正しい呼吸の音。ぐっすり眠っているようだ。だから電話の音にも気づかなかったのだろう。

最初から疑うこともない。携帯電話も持たせていないのだから、さっきの電話をかけてきたのが颯太であるわけはないのだ。そう思うと、電話の件が特になにも解決したわけではないのに、悠紀子の胸の中に安堵の思いがひろがった。

だが、颯太は悠紀子に隠れて洋二のもとを訪ねていた。しかも、錯乱している父親を見ながら笑っていたというのだ。

学校から帰ってきたら、そのことを問いただしてやろうと思いながらも、悠紀子は確認することを恐れて逃げるように店に向かい、すべてを忘れたい思いで酒を呷ってしまった。

悠紀子はソファーの横に膝をつき、颯太の顔をじっと見つめた。その表情は年相応の少年にしか見えず、とても父親を恐怖させるようには思えなかった。

最近は少し男っぽくなってきたが、寝顔はまだ可愛らしく、小さな子供のころと変わらない。ただ、よく見ると、鼻の下にうっすらと髭が生えてきている。まだ一度も髭剃りを使ったことはないだろうが、あと一年もすれば必要になりそうだ。

誕生日のプレゼントにシェーバーを買ってやったら、照れくさそうにしながらも、颯太はきっとよろこんでくれるに違いない。

そんなことを考えていると、自分が世間一般のごく普通の母親のように思えてくる。実際、颯太は悠紀子が自分の腹を痛めて産んだ子供には違いないのだ。颯太に対して、まったく母性愛を感じないなどということはない。だけど……。

悠紀子は颯太の前髪をそっと指で上げてみた。

生え際に五センチほどの傷がある。傷跡はかなり薄くなったが、おそらく一生消えることはないだろう。颯太がまだ七歳のとき、悠紀子が金槌で殴って怪我をさせた――いや、殺そうとしたときの傷だ。

もしも悠紀子の恐れていたとおりだとしたら、颯太を殺したところで、それですべてが終わりになるわけでもないというのに……。

連れていった病院で虐待を疑われて警察に通報されそうになったが、颯太自身が階段から落ちたと言い張ったために、なんとか罪に問われるのは逃れた。でも、本人は殺されそうになったとわかっているはずだ。

髪に触れられて目が覚めたのだろう、颯太は静かに目を開けた。まぶしそうに顔をしかめ、寝顔を見られたことに照れくさそうな表情を浮かべた。悠紀子の顔に、ごく自然に笑みが浮かんできた。

「……お母さん。ああ、もうこんな時間か。僕、本を読んでて眠っちゃったよ」

母性を含んだ悠紀子の微笑みに刺激されたのか、颯太が小さな子供みたいに甘えた声で言った。ほんの一瞬、時間が十年近く逆戻りしたように感じられた。

気持ちよさそうな声を出しながら、颯太が伸びをした。両手が悠紀子に向かって突き出される。なにかをつかもうとするかのように、手は開いたままだ。その手のひらは、まるで古い火傷のあとのように皮膚が引き攣っている。

その瞬間、おぞましい光景が脳裏に蘇った。全身の血が一気に逆流する。

「やめて！」

悠紀子は短く悲鳴を上げて我が子の手を払いのけた。悠紀子の剣幕に驚いた颯太は、勢いよくソファーの上で身体を起こした。

「ごめんなさい、お母さん」

わけもわからず颯太は必死にあやまる。幼いころからの習慣だ。自分が悪いかどうかなど関係なく、ただ殴られたり叱られたりするのがいやだからとにかくあやまって、悠紀子の怒りをしずめようとする。

そろそろ母親に反抗し始めてもいい年頃なのに、颯太はすべてを悠紀子に委ねきった目をしている。どんなにつらく当たろうが、颯太のその親愛の情の深さは変わらない。

子供が母親に対してそういう態度をとるのは普通のことなのかもしれないが、こちらの不愉快な気分をすべて吸収してしまう従順さが、あの男を連想させる。

「颯太、あなたに話があるの」

「話って？」

悠紀子の声に重苦しいものを感じ取ったのか、颯太は不安げに目を伏せた。

その様子は本当に弱々しい。錯乱する洋二を見て笑っていたという話は信じられない。颯太はそういうタイプではないのだ。

「今朝、あんたのおばあさんから電話があったのよ」

颯太は弾かれたように顔を上げた。ただ、隠しごとがバレたというだけではなさそうだ。その顔にはうしろめたさが滲み出ている。

「あんた、洋二を訪ねていったんだってね」

「……うん」

「どうやって調べたの？　あんたには洋二のことなんて、なにも話してないのに」

声が徐々に尖ってくる。

「ドレッサーの引き出しに入ってた手紙を見て……」

「ドレッサー？」

さーっと血の気が引く音が聞こえた。

「なんのために……」

悠紀子の声はかすれてしまう。一呼吸置いて、もう一度訊ねた。

「なんのために洋二に会いに行ったの？」

颯太が情けなさそうな顔で答えた。

「……お父さんに会ってみたくて。だって、死んだって聞かされてたのに、生きてるってことがわかったから、それなら会ってみたいと思ったんだ」

でも、あんたの父親はもう死んだよ、あんたが会いに行ったから、気が狂って死んだんだ。そう言ってやりたかったが、できなかった。

「で、どうだったの？　会って感動したわけ？」

「それが……僕が名乗ったとたん、変になっちゃって……」

そこで颯太は沈痛な表情で黙り込んだ。その先のことは話したくないといった様子だ。

和子はあんなことを言っていたが、颯太は傷ついたようだ。無理もない。なにしろ、久しぶりに会った父親が目の前で発狂したのだから。

そのとき、背中を小さな虫が何匹も這い上がってくるような感覚に襲われた。なぜだかわからなかったが、少し遅れて気づいた。颯太の唇に笑みが浮かんでいるのだ。

笑ってる……。この子は笑っている。

悠紀子は勢いよく立ち上がった。

「もういいから、さっさと寝なさいッ」

そう吐き捨てるように言うと、悠紀子は自分の部屋に逃げこんで、乱暴に引き戸を閉めた。呼吸が荒くなっていた。深呼吸をするように大きく息を吐き、気持ちを落ち着ける。

颯太が素直に自分の部屋に向かう気配が感じられた。悠紀子はよろけるようにしてドレッサーの前に座った。

疲れ果てた女がそこにいた。歳をとったなと思う。店に来る男たちはまだ悠紀子をチヤホヤし、美人だ、可愛いと言ってくれるが、美しさは確実に衰えてきていた。

こんなはずではなかった。若くてきれいだったあのころ、大金を手に入れた。なにもかもが順調にいっていた。それが他人の不幸の上に成り立っている幸せだとしても、そんなのは知ったことではなかった。

すべてが昨日のことのように思い出される。さっきの電話の声……。地獄の底から聞こえてくる、恨みのつぶやき。まさか本当に成彦であるはずはない。では、いったい誰が？

悠紀子はふと背後を振り返った。誰かが立っている気配を感じたのだが、もちろんそこには誰もいない。扉の向こう、廊下を挟んで反対側の部屋で颯太が寝る準備をしている気配がするだけだ。

そう、そこには颯太がいるだけ。

颯太は悠紀子がお腹を痛めて産んだ子供だ。そのことは間違いない。……ただ、普通の生まれ方ではなかった。

再び鏡に向かい、悠紀子は髪を掻き上げて左の耳をじっと見つめた。やわらかな耳たぶがあるはずの場所に、それはなかった。

鯉沼成彦にやられたのだ。あの日、あの忌まわしい夜に……。

17

悠紀子が鯉沼成彦と初めて会ったのは、十五年前、当時悠紀子が働いていた新宿のデパートでだった。

高校を卒業してすぐにデパートに就職した悠紀子も二十二歳の大人の女に成長し、配属された紳士服売場では持ち前の美貌で男性客たちの注目を浴びていた。

スーツを数多く売ったからといって給料に反映されるわけではなかったが、生来の目立ちたがり屋だった悠紀子は、他の女子店員たちと誰が一番多く売ることができるか賭けをしていた。

どうせスーツを見立ててもらうなら美人のほうがいい。美しい女性に「お似合いですよ」と薦められれば、男なら気分良く買い物をしてしまうだろう。つまり売り上げは女子店員たちの美しさのバロメーターになるのだ。

賭けを始めて以来、悠紀子は常に売り上げ一位を維持しつづけ、月に一度は他の女子店員たちからランチを奢ってもらっていた。美貌もさることながら、ときどき軽く身体に触れたりする、ギリギリのサービスが功を奏していた。

売場主任にそんなことがバレればひどく叱られるだろうが、ゲームの対象にされる男としても、少しのあいだだけでもチヤホヤされ、楽しい時間を過ごせるのだから文句はないはずだ。退屈な日常を、ほんの少し面白おかしくするための工夫に過ぎなかった。

鯉沼成彦もそんな賭けの対象のひとりだった。

「いらっしゃいませ。今日はどういったものをお探しですか？」

売場でスーツを選んでいた成彦は、営業スマイルで話しかける悠紀子を見た瞬間、呆けたように口を開けた状態で固まってしまった。

そのとき、なぜだか悠紀子は全身が粟立つような不快感を覚えた。まずい男に声をかけてしまったかもしれないと後悔した。

その予感は当たった。成彦は悠紀子をまっすぐに見つめたまま、いきなり涙を流し始めたのだ。

「どうかしましたか？」

驚いて悠紀子が訊ねると、成彦はハンカチで涙を拭い、真っ赤な目をしたまま微笑んでみせた。

「いいえ。大丈夫です。やっと会えたということに感激してしまって……」

「……やっと会えた？」

「ええ、あなたは僕の運命の女性です」

たまにそんなことを言ってくる客はいたが、成彦の態度はそれらの男たちとはまったく違った。

冗談を言っている様子はない。この男に関わってはいけない。そう思った悠紀子はビジネスライクに接することに徹した。

「スーツを……スーツを選んでらしたんですよね？」

「え？　ええ、まあ」

「それでしたら、こちらのスーツなんかいかがでしょう？　デザインも無難でビジネスからプライベートまで、どういったシチュエーションにもマッチするかと」

「そうですね。じゃあ、それをいただきます」

成彦はこちらが拍子抜けするほど、あっさりとそう返事をした。

そしてその日、成彦は悠紀子に薦められるままスーツとシャツとネクタイを買って、大人しく帰っていった。

見た目が少しいい男だったから他の女子店員を押しのけるようにして接客に出たのだが、見つめ合った際のぞっとするような感覚は忘れられなかった。

もうこんなゲームはやめたほうがいいかもしれないとまで思った。でも、そんな思いはすぐに薄れる。数日もすれば成彦のことなど、きれいさっぱり忘れてしまっていた。

だが、その一週間後、成彦はまた売場に現れたのである。

「もう一着、見立ててほしいんですけど」

緊張した様子ながらも、まっすぐに悠紀子の目を見つめながら成彦は言った。

成彦の真剣すぎる瞳に少し気圧され、そのことが悔しくて、悠紀子は店にある中で比較的値の張るスーツを薦めた。

成彦はまだ若くてそんなに金を持っていそうには見えなかったが、どうせなら高い商品を売りつけて賭けのポイントを稼いでやろうと思ったのだ。

「こちらなんか、とてもお似合いになると思いますよ」

そう言いながら悠紀子が軽く腕に触れると、成彦は感電したように背筋を伸ばし、「では、これにします」とろくに品物を見ようともしないで即決した。

その滑稽な反応に、悠紀子は笑いをこらえるのが大変だった。だが、すぐに、今度は悠紀子が逆に驚かされることになった。

「やはりセンスのいい人に選んでもらうと安心です。ね、白石さん」

「えっ？　どうして私の名前を？」

「名札ですよ。白石さんって言うんですね。下の名前はなんて言うんですか？」

「……悠紀子です」

反射的に答えてしまってから、悠紀子は慌てて口をつぐんだ。

客にプライベートなことは教えないほうがいい、と先輩店員たちから忠告されていたのだ。女子店員をナンパするのが目的で買い物に来る男もいるから気をつけろというのである。

成彦は女性に軽々しく声をかけることができるタイプには見えなかった。それなのに思い詰めた様子で悠紀子に話しかけてくる。よほど悠紀子のことが気に入ったらしい。違った意味で、気をつけなければいけないと自分を戒《いまし》めた。

その数日後、また成彦は売場にやってきた。やっぱり面倒なことになった、と悠紀子はとっさにバックルームに逃げ込みたくなったが、すでに成彦に見つかったあとだったので逃げるわけにはいかない。

「悠紀子さんに見立ててもらったスーツはすごく評判がいいんですよ。だから、また違うものを選んでもらおうと思って……」

澄んだ瞳でそう話しかけてくる。これ以上、深入りさせないほうがいい。悠紀子はわざと悪趣味な、ただ値段が高いだけのスーツを薦めた。悠紀子の中にある悪意に気づいてほしかったのだ。

だが、成彦はやはりろくに商品を確かめもせず、うれしそうにカードで支払って礼を言って帰っていった。

その後も、成彦は頻繁にデパートに通い詰め、月に何着もスーツを購入した。成彦のような若い男が毎月何着もスーツを新調するのは普通ではない。

あの男は一見ごく普通の会社員ふうだが、本当は資産家の息子なのかもしれない。少なくとも金に不自由はしていない人物のようだ、と悠紀子は自分に都合よく考えるようになっていた。

それにつれて、最初は気味悪く感じた成彦の紳士的すぎる態度も、育ちの良さの表れなのではないかと、徐々に好意的に解釈できるようになっていった。

もちろん、成彦も男だ。デパートに通ってくる目的はスーツを買うためではなく、悠紀子と親しくなりたいからだというのは明らかだった。

なのに、いつもほんの一言二言、会話をするだけで帰ってしまう成彦に、悠紀子は不思議な気分になっていた。だから、成彦から食事に誘われたときは、意外に感じたほどだった。

ナンパなどといった軽い誘い方ではなく、真剣な表情で「一緒に食事をしてもらえませんか？」と今にも片膝をつきそうな態度で、成彦は迫ってきた。悠紀子は驚き、とっさに断ることができず、「ええ、いいですけど」と曖昧に承諾してしまった。

成彦が連れていってくれたのは、そのころ話題になっていた海辺のレストランだった。おそらく雑誌で必死にデートスポットを探したのだろう、場慣れしていないのが明らかで、そのことがかえって微笑ましく感じられた。

会話も決して面白おかしいものではない。ひょっとしたら女性と付き合ったことなどないのかもしれない。

そんな成彦が内気な自分の心に必死に鞭打ち、悠紀子の気を惹こうとしていることが、打算や駆け引きが入り込む余地がない純愛に思えて、うれしくもあった。

食事のあとは、マニュアル通りにバーに移動した。テーブルの上にロウソクが灯っているオシャレなバーだ。

悠紀子が最初のカクテルを飲み干し、二杯目をバーテンから受け取ったとき、成彦はずっとその機会をうかがっていたというふうに、いったいどこから取り出したのか、緊張した面持ちで小さな箱をテーブルの上に置いた。

「これを悠紀子さんに受け取ってもらいたいんです」

「なにかしら？」

プレゼントはもらい慣れていた。男たちはいつも、物で女の心を釣ろうとする。軽い気持ちで手に取り、促されるまま箱を開けてみると、指輪がまばゆい光を放っていた。一目見て、それが高価なものであることがわかった。

「悠紀子さん、あなたを愛しています。僕と結婚してください」

言葉の意味が理解できなかった。この男はなにを言っているのだろう？　何度も顔を合わせているが、それは店員と客という関係でだ。

今夜、食事に付き合ったのも、いつもスーツを購入してくれるお礼のつもりだった。それなのに、いきなり結婚してくれなどと言い出すなんて……。

とっさに悠紀子はケースを閉じ、成彦に突き返していた。

「こんなもの、受け取ることはできません」

言葉がとげとげしくなってしまったが、気にする必要はない。この男はやはり深入りしてはいけないタイプの男だったのだ。軽々しく食事の誘いに乗ったことを悠紀子は後悔した。

「気に入ってもらえませんでしたか？　僕には女性の好みがわからないから、妹に一緒に選んでもらったんですが……」

成彦は突き返されたケースと悠紀子を交互に見ながら、困惑した表情を浮かべている。自分の気持ちが拒否されたことが信じられないらしい。

「あたし、あんたが思ってるような女じゃないのよ。愛想よくしてたのだって、他の女子店員たちと誰が一番いっぱい客にスーツを売りつけられるか競争してたからなの。趣味の悪いデザインでも薦められるがまま高価なものを買っていくあんたのことを、裏ではみんなで笑ってたんだから」

この手の男ははっきり言ってやらないとわからないのだ。悠紀子はわざと意地悪い表情を浮かべながら、自分の性悪さを告白した。

それでも成彦にはいっこうに応えないようだった。

「ありがとう、正直に言ってくれて。本当に悪い女だったら、そんな告白はしてくれないでしょうからね。僕はうれしいです」

悠紀子はひとつ大きくため息をついた。今ここであきらめさせておかないと、あとあと大変なことになる。年齢のわりには人並み以上に恋愛の修羅場をくぐり抜けてきていた悠紀子には、そのことがはっきりとわかった。

「それに、あたしには恋人がいるの。彼とは長い付き合いの腐れ縁なの。もう、あの人無しじゃ生きていけないわ。だから、あたしの人生にあんたが入り込む余地なんかないってわけ」

成彦はまっすぐに悠紀子の目を見つめたまま、唇に微笑を浮かべた。さっきまでの緊張した様子は消え、自信に満ちた表情だ。

「悠紀子さんは僕の運命の女性なんだ。僕は一目見てそのことに気がついた。今、あなたに恋人がいるとしても、近い将来、その男とは別れることになる。だって、あなたは僕と結ばれる運命なんだから」

「運命？」

「そう、運命です。運命には誰も逆らえません」

成彦の瞳は理想に燃える若い修道士のもののように澄んでいる。そこに悠紀子の顔が映っている。戸惑い、強張り、怯えた顔……。

「あたし、そろそろ帰ります」

「ちょっと待って」

「まだなにか？」

「お願いです。せっかく久しぶりにふたりっきりになれたんですから、もう少しだけ僕と一緒にいてくれませんか？」

「久しぶりってどういう意味？　あたしたちがふたりっきりで会ったのは、これが初めてよ」

悠紀子の質問には答えずに、成彦はただ優しい笑みを浮かべている。その視線に耐えきれず、悠紀子は椅子を鳴らして立ち上がった。

「待ってくださいッ」

成彦の切羽詰まった声が悠紀子にすがりついた。その必死さに、悠紀子は思わず動きをとめてしまった。

成彦は満足げにうなずき、低く落ち着いた声で言った。

「もう少し……。もう少しだけ。せめて、この炎の熱さに僕が耐えていられるあいだだけでも、僕を見つめていてください」

成彦はテーブルの上のロウソクに右手をかざした。悠紀子は息を呑んだ。成彦は相変わらず微笑みを浮かべているが、熱くないわけがない。肉の焦げる匂いが辺りに漂い、成彦の額に汗が浮き出てくる。

「やめてください！　火傷しちゃうわ！」

「ありがとう。僕のことを心配してくれるんですね。その顔も素敵です。これから先、もっといろんな表情を僕に見せてくださいね。ああ、楽しみだなあ」

炎に手をかざしたまま成彦が笑う。その顔から大粒の汗が滴り落ちる。

この男は異常だ。恐怖のあまり強張る身体で、悠紀子は必死に出口に向かって走った。その背中に成彦の叫び声が投げつけられる。

「悠紀子さん！　ここで別れても、いつかふたりは結ばれるんです！　それが僕たちの運命なんですからね！」

困惑顔の店員を突き飛ばすようにして、悠紀子は店から飛び出した。

通りに出てしばらく走ってからようやく後ろを振り返ったが、成彦が追ってくる気配はなかった。

だがそれは、また会えることを確信しているからのように思え、そのことがよけいに悠紀子を不安にさせた。

18

翌日、悠紀子は風邪を引いたと嘘の電話をかけてデパートを休んだ。行けば必ず成彦が現れると思ったからだ。

一点の曇りもない澄んだ瞳……。無垢と狂気の狭間《はざま》を揺れ動いている瞳だ。成彦に見つめられたときの、ぞっとした感覚が忘れられなかった。あんな目で見つめられるのは、もうまっぴらだ。

最初は一日だけのずる休みのつもりだったが、次の日の朝になるとやはりまた成彦の澄んだ瞳が思い出され、もう一日だけと休んでしまい、結局、悠紀子はずるずると仕事を休みつづけた。

成彦に話した内容は嘘ではなかった。悠紀子には秀島洋二という恋人がいた。知り合ったきっかけはクラブでのナンパだった。見た目が少しよかったのと、不良っぽい言動に惹かれ、その日のうちに男女の関係になった。

悠紀子と付き合い始めてからも、洋二は仕事を転々としていた。もともと工業系の専門学校を出ていて、自動車整備工としての腕は確かだという。そのため、どこでも重宝されるので、ちょっと気に入らないことがあるとすぐに仕事を辞めてしまうのだ。

成彦に話したもうひとつの内容も嘘ではない。洋二とは腐れ縁だ。付き合い始めると、洋二はいきなり部屋に転がり込んできて、おまえとずっと一緒にいたいんだと言いながらも、その実、家賃はすべて悠紀子に負担させている。半分ヒモみたいなものだった。

それだけではなく、浮気や暴力にうんざりして何度も別れようと思ったが、そのたび、心を入れ替えておまえを大切にするからと泣きつかれ、結局ずるずると付き合いをつづけてしまっていた。

その結果がこれだ。悠紀子が仮病を使って仕事を休むようになると、「俺だけが働いているのは馬鹿らしい。おまえが休みの日は俺も休みだ」と子供のようなことを言って、仕事に行かずに家でごろごろするようになった。

　鯉沼成彦にはもう二度と会いたくない。あの男に知られている職場にはもう行きたくない。いっそのこと、このままデパートを辞めてしまおうか。仕事なら他にいくらでもある。ちょうど、もっと収入のいい仕事——水商売に転職したいと思っていたところだ。

　悠紀子には金が必要だった。洋二という金食い虫と付き合っている限り、悠紀子が稼がないといけない。成彦が言うように、もしも運命があるとしたら、これが悠紀子の運命だ。

　悠紀子が駅前でもらってきた無料の求人情報誌をめくっていると、庇を叩く雨音が聞こえてきた。天気予報では夜から明け方にかけて本格的な雨になると言っていた。ベランダに洗濯物が出しっぱなしだったことを思い出した。

　何気なくカーテンの隙間から外を見た悠紀子は、短く悲鳴を上げて窓から飛び退いた。アパートの前の道に成彦が立っていたのだ。降り出した雨に打たれながら、成彦は傘もささずにこちらを見上げていた。

　どうやって悠紀子のアパートを捜し出したのか？　その執念を思うと、気味悪さに鳥肌が立った。

「どうした？」

テレビを観ていた洋二が、缶ビールを片手に持ったまま訊ねた。

「……いるの。じっとこっちを見てるの」

「誰が？」

悠紀子は言い淀んだ。一回だけとはいえ、自分以外の男とふたりっきりで食事をしたことを知れば、嫉妬深い洋二は怒り狂い、また暴力を振るわれるかもしれない。一ヶ月前に蹴られたあばら骨はまだヒビが入ったままらしく、咳をすると少し痛む。

悠紀子が黙っていると、洋二は悠紀子を押しのけてカーテンを一気に開けた。ちょうど成彦があきらめて立ち去るところだった。悠紀子が見立ててやったスーツの背中が雨に濡れているのが見えた。

「なんだ、あいつ。変質者か？」

洋二が今にも玄関から飛び出していきそうな勢いで言った。これ以上隠しておくわけにはいかない。

自分に都合の悪いこと——食事に行ったことは秘密にしたまま、悠紀子は成彦のことを話し始めた。

デパートに頻繁にやってくる気持ちの悪い客で、いやがらせのつもりで悪趣味なスーツを薦めてやっても、よろこんで買っていくこと。最近仕事を休んでいるのはあの男と顔を合わせるのがいやだからということ。

すべてを話し終えると予想に反して、洋二は怒るどころか、にんまりと笑みを浮かべてみせた。

19

翌日、悠紀子は久しぶりにデパートに出勤した。洋二に命じられたのだ。言うことを聞かないと殴られる。悠紀子に拒否する権利はなかった。

午後六時を過ぎたころ、右手に包帯を巻いた成彦が、当然のことのような顔をして売場に現れた。同僚に確かめたわけではないが、おそらく毎日仕事帰りに店をのぞきに来ていたのだろう。

「ずっと休んでいましたね。心配しましたよ。お店の人に訊ねたら、具合が悪くて休むって連絡があったって……。だから僕はずっと、悠紀子さんの回復を祈ってたんです。もしも今日も休みだったら、お宅までお見舞いに行こうかと思っていたぐらいなんですよ」

ゆうべは直前で思いとどまったというわけか。

成彦は眉を八の字に寄せ、心の底から心配していたという顔をしている。相変わらず気味が悪いほど澄んだ瞳に、今は悲しみの色が混じっている。

「心配かけて、ごめんなさい。ちょっと風邪をこじらせちゃって……。だけど、もう大丈夫。きっと鯉沼さんの祈りが通じたんだわ」

悠紀子は必死に作り笑いを浮かべた。もちろん、悠紀子の笑みが強張っていることに成彦が気づくことはない。この男は自分の好意が悠紀子に拒絶されるなどとは想像したこともないのだから。

「心配かけたお詫びに、今夜、鯉沼さんにご馳走したいの」

そっと身体を寄せて腕に軽く触れながら悠紀子が囁くと、成彦は目を輝かせた。

「本当ですか？」

「付き合ってくださる？」

「もちろんです。だけど、ご馳走するのは僕のほうです。元気になったお祝いということにしましょう。いいでしょう？」

「ええ、鯉沼さんがそうおっしゃってくださるなら。九時過ぎには店を出ることができますので、通用口の前で待っていていただけますか？」

他の店員たちの目に触れないように気を配りながら悠紀子が言うと、疑うことを知らない成彦はうれしそうにうなずいた。

20

食事をするレストランは悠紀子が選んだ。この前のようなマニュアル雑誌通りのデートを企画されたくなかったからだ。

それに、こんな機会でもなければ行けない高級レストランを選んでみた。洋二と付き合っている限り、いつもデートは居酒屋か怪しげなバーばかりだ。洋二に命令されていやいや成彦を誘ったのだが、どうせなら少しでもいい思いをしたかった。

成彦は食事をしながら、自分がどれだけ悠紀子のことを心配していたかを訥々《とつとつ》と話しつづけた。

火傷した右手に巻かれた包帯は痛々しかったが、成彦はとても楽しそうで、いやいや付き合っているはずの悠紀子もときどきごく自然に本当の笑みをこぼしてしまうほどだった。

確かに成彦は悪い人間ではない。少し真面目すぎるきらいはあったが、見た目もさわやかで、おそらく誰からも好かれることだろう。特に年上の人間からは可愛がられるタイプだ。

それに悠紀子と一緒にいられることをこんなにもよろこび、そのよろこびを隠そうともしない点が、悠紀子の自尊心をくすぐるのだった。

運命だとか妙なことさえ言い出さなければ、特に嫌う理由も見出せないのに、なんてことまで考えてしまう。

だめだ。このままだと成彦のペースに巻き込まれてしまいそうだ。ひとつ小さく咳払いをして、悠紀子はフォークとナイフを置いて背筋を伸ばした。

「この前、プロポーズされた件なんですけど」

「はい」

成彦もフォークとナイフを置き、緊張の面持ちで次の言葉を待つ。期待に瞳がきらきらと輝いている。手をつないだこともないのに、どうして悠紀子がプロポーズを受けると思えるのか？

「やっぱり、あたし……、鯉沼さんと結婚するわけにはいかないわ」

「どうしてですか？　僕は悠紀子さんを愛しているし、悠紀子さんもきっと僕を愛してくれているはずだ。なにしろ僕たちは運命の赤い糸で結ばれているんだから」

成彦は左手を顔の前に出し、小指を見つめた。そして、まるでそこから赤い糸が伸びているといったふうに、視線を悠紀子の左手の小指まで移動させた。

小指がきゅっと締めつけられる感覚があり、悠紀子は慌ててテーブルの下に手を隠した。悪寒《おかん》が背中を駆け抜ける。

「この前、悠紀子さんは付き合っている男がいるって話していましたね。その男が原因なんですか？　だけど、悠紀子さんはその男とは絶対に結ばれないんですよ」

成彦の声には自信が溢れている。そのことが悠紀子を苛つかせる。嫌悪感が顔に出ないように必死に抑えた。

「だけど……」

「悠紀子さん、これを受け取ってもらえますね」

成彦が指輪を悠紀子に手渡そうとする。悠紀子はそれをそっと押し返し、首を横に振った。

「ごめんなさい。やっぱりだめなの」

「どうして？　男に別れ話を切り出すのが怖いんだったら、僕が直接会って先方に――」

「違うんです」

悠紀子はひとつ小さく深呼吸をした。ここからが大事なのだ。悠紀子は用意してきた台詞《せりふ》を口にした。

「実はあたしの父は、田舎で会社を経営してるんです。だけど、資金繰りが悪化しちゃって、もう倒産寸前なんです。銀行からの融資も止められてしまいました。運転資金さえあれば持ち直せるって父は言うんですけど、お金を貸してくれるところがなくて……。もしも、今あたしたちが結婚なんかしたら、鯉沼さんにも迷惑がかかってしまいます。だから……」

本当は、『父の会社』など存在しない。悠紀子の父親は田舎で郵便局員をしていて赤いバイクで毎日郵便物を配ってまわっているし、母は専業主婦でたまに弁当屋にパートに出ている。

分相応の生活を心がけているあの人たちは、会社の経営とは無縁だし、資金繰りで頭を悩ませたことなどないはずだ。

悠紀子の話を聞いた成彦の表情が曇った。少しやりすぎたかと不安になった。成彦ならまさかその程度のことで悠紀子をあきらめたりはしないだろう、という洋二の読みは甘かったのかもしれない。

でも、それは悠紀子の取り越し苦労だった。

「いくら必要なんですか？」

心の底から心配しているといった様子で成彦が訊ねる。

「一億ほど必要だって、父が……。とても集められる金額じゃありません」

金額を決めたのは洋二だ。リアリティの感じられない数字だったが、金を手に入れるなら多いに越したことはないという洋二の言葉に、悠紀子も反対はしなかった。

ゆうべ、成彦に関することを悠紀子から聞き出した洋二がにんまりと笑ったのは、悪巧みを思いついたからだった。

「へえ、金持ちか。おまえもたまには役に立つんだな。そういう出会いを利用しない手はないだろう。あいつから金を巻き上げようぜ」

高価なスーツを躊躇することなく何着も購入していくものの、成彦はそれほど収入があるようには見えない。真面目な男だから、今まで女や遊びに金を使うこともなく、こつこつ貯めていただけなのではないかという気がしていた。そう、運命の女に出会ったときのために……。

だが、悠紀子が成彦から受け取った名刺を見た洋二は、浮かれた調子で言った。

「うほっ。こりゃ、一流企業だぜ。あの男、エリートだ。しかも、金を扱う部署にいやがる」

名刺の隅から隅まで目を走らせ、ついには電灯に透かしてみたりしながら洋二は上機嫌だった。

悠紀子は名刺を受け取ったものの、「鯉沼成彦」という名前しか見ておらず、どんな会社に勤めているのかなどまったく気にしていなかった。

洋二の説明によると、成彦は一流商社の経理部に勤務しているらしい。細かい仕事内容はわからないが、会社の金を動かしているのだから、うまくそそのかせば横領させることができるのではないかと言うのだった。

「一億ですか……」

成彦はそうつぶやき、片方の眉だけを上げて悠紀子の顔を見つめた。企みを見透かされているように感じ、後ろめたさから、とっさに悠紀子はアドリブで台詞を付け足した。

「そのお金があれば父の会社はなんとかなると思うの。会社が今度の決算を乗り切れたら、そのあとには大きな取引きの予定もあるんで、経営も持ち直すはずなんです」

「どれぐらいの期間ですか？」

食いついてきた！

「一ヶ月……、いいえ、一週間しのげば、あとはもう大丈夫だと思うんです」

成彦はテーブルの上に置いた、包帯を巻かれた自分の手を見つめている。運命について考えているのかもしれない。それなら、あんたはあたしにお金を巻き上げられる運命なのよ。

悠紀子はさらに言葉を付け足した。

「もしもどこかからお金を借りられるあてが鯉沼さんにあるのなら、その短期間だけなんとか貸していただけるようにお願いしてもらえないでしょうか」

悠紀子は本当に金策に苦しんでいる人間のように必死に話しつづけたが、暗に会社の金を横領しろと勧めているみたいなものだ。ほんの短期間だけ、会社の口座から金を引き出し、あとはすぐにまた返済しておけば誰にもバレない。そうそそのかしているのだ。

成彦は考え込むように目を閉じた。沈黙が悠紀子と成彦のあいだに重く横たわった。

「それに、もしも成彦さんが父を救ってくださったら、あたしたちの結婚を両親もよろこんで認めてくれると思うの。だって、鯉沼さんはあたしたち家族の恩人になるんですもの。あたし、もう心を決めてるのよ、鯉沼さんと一生一緒に生きていきたいって」

ここまで話すと、悠紀子は言葉に詰まったふりをして黙り込んだ。今どき、こんな三文芝居に引っかかる男なんてよっぽどの馬鹿しかいないわ、と悠紀子は心の中でつぶやいた。そして、成彦はその、よっぽどの馬鹿だった。

「わかりました。僕がなんとかします」

「ほんとですか？　だけど、鯉沼さんにご迷惑をおかけすることになるのでは……」

形だけの遠慮をしてみせる悠紀子に、成彦は白い歯を見せてさわやかに笑った。

「迷惑だなんて、とんでもない。悠紀子さんは僕の運命の女性なんですから、悠紀子さんのためなら僕はどんなことだってするつもりです」

罪悪感はあったが、それよりも一億円という金が魅力的だった。まともに働いていたら悠紀子には絶対に手にすることができない大金だ。その金を、成彦は用意すると約束してくれたのだ。

「だけど、一週間で返してもらえないと困ったことになってしまうんで、その点だけはくれぐれもお願いします」

「ええ、わかりました。恩に着ます」

テーブルに頭がつきそうになるぐらい、悠紀子は深く頭を下げた。

それは感謝の気持ちからではない。沸き上がってくる笑みを抑えることができなくて、その顔を成彦に見られないようにするためだった。

21

三日後の夜、待ち合わせの喫茶店に、成彦は黒い革製の鞄を持ってきた。

大金を持って歩くのは危険だから銀行口座に振り込むと成彦は言ったのだが、それだと記録が残ってしまうし、父の銀行口座は凍結されているからと、もっともらしい理由をつけて直接現金で持ってきてくれるようにと頼んだのだった。

注文したアイスコーヒーをウエイトレスが置いて立ち去るのを待って、鞄を少しだけ開けて中をのぞくと、一万円札の束がぎっしりと詰まっていた。

手が震えた。生まれて初めて他人をだまして手に入れた金だ。そのだまされたカモが目の前で幸せそうな顔をしている。大金を手にした興奮と罪悪感が、悠紀子の心の中で渦を巻いた。

「僕の愛の証です」

そう言って成彦は笑った。冗談か本気かわからない、いつもの笑顔だ。

「ありがとうございます。ほんと、助かります」

「さあ、これをお父様に届けてあげてください。会社が倒産を免れれば、僕と悠紀子さんが結婚することに対する障害はなくなるんですよね？」

「ええ、そうね。みんなに祝福されて幸せな結婚ができるわ」

うわの空で答えると、悠紀子は鞄をしっかりと胸に抱きしめた。

金を受け取ってしまえば、もうこの男に用はない。悠紀子はアイスコーヒーを一気に飲み干して席を立った。喉が渇いて仕方なかった。

「また連絡します」

後ろも振り返らずに、悠紀子は店を飛び出した。

通りを早足で歩いているあいだ、いきなり刑事に後ろから肩を叩かれ「詐欺の現行犯で逮捕する」と声をかけられるのではないかとずっとドキドキしていたが、そんなことはなかった。成彦は悠紀子のことを信じ切っていた。

クラクションの音で、悠紀子は文字通りその場で飛び上がった。

「おい、早く乗れよ」

洋二が車のドアを開けて悠紀子を呼んだ。喫茶店のすぐ前だと成彦に見られるかもしれないからと、少し離れたところで待っていたのだ。

「どうだった？」

悠紀子が助手席に飛び込むと、洋二が身を乗り出して訊ねた。

「完璧よ。あいつ、ほんと、大馬鹿よ。全然疑ってないの」

興奮のせいで、ついつい早口になってしまう。

悠紀子から鞄を引ったくるようにして奪い、中をのぞき込んだ洋二が歓声を上げた。

「すげえじゃねえか」

土の中から大好物の骨を掘り出した犬のように鼻息を荒くしている。

「あの野郎、無理しやがって。惚れた弱味だな。おまえの美しさの勝利だ！」

鞄を悠紀子の膝の上に置くと、洋二はアクセルを踏み込んだ。タイヤが甲高い音を鳴らし、車が急発進した。

「それにしても、こんなにうまくいくとはな」

「だけど、もうデパートには行けないよ。あいつが来るもの。それにあたしのアパートだって知られてるんだから、どうする？」

「おまえ、根っからの貧乏性だな。これだけありゃあ、当分は遊んで暮らせるじゃねえか。仕事なんかする必要はねえよ。それにあんなおんぼろアパートになんか住んでられるかっていうんだ。人生は短いんだ。楽しまなきゃ」

洋二は今にも鼻歌を歌い出しそうな上機嫌で車を走らせつづけた。躁《そう》状態の洋二の横で、悠紀子は今さらながら罪悪感がこみ上げてくるのを感じた。

22

鯉沼成彦の名前を目にしたのは一ヶ月後のことだった。高速道路のサービスエリアで洋二が買ってきたスポーツ新聞の、右下のほうに小さく出ていたのだ。『エリート商社マンが会社の金を横領して失踪！』という見出しだった。

すぐに返すという悠紀子の言葉を真に受けて会社の金を引き出したものの、悠紀子が姿をくらましたために金を返済することができなくなったのだろう。新聞によれば、不正経理が発覚し、警察が捜査に乗り出すその直前に、鯉沼成彦は姿を消していたという。今も居場所はわからないままだ。

「ひょっとしたら、もう死んでるかもな。真面目そうなやつだったから、罪の意識に苛《さいな》まれてさあ」

助手席で食い入るように記事を読んでいる悠紀子に、洋二は他人事《ひとごと》のように言った。

悠紀子はハッとして洋二の横顔を見た。胸が苦しくなる。まさか自殺なんてそんなことはないだろうと思おうとしたが、罪の意識は日に日に大きくなっていた。

あの日以来、悠紀子と洋二は伊豆の温泉宿に泊まり、のんびりと過ごしていた。成彦からだまし取った金は、ちょっとやそっとでは使い切れないほどあった。なにしろ一億円なのだ。まだ手つかずと言ってもよかった。

だが、寂《さび》れた温泉町でのんびりするのは向いていない。都会の喧噪が恋しくなり、ふたりは今東京に舞い戻ろうとする車の中だった。

それに悠紀子が誕生日プレゼントとして洋二に買ってあげた腕時計が、工場のロッカーに入れっぱなしだということがわかった。仕事をするときに汗をかくので、外してそのままだったというのだ。

金ならあるんだから新しいのを買えばいいだろうという洋二に、そういう問題じゃないと悠紀子が責めたために、時計を取りに戻ろうということになったのだった。

「ロッカーの鍵は俺が持ってるんで勝手には出せねえから、まだあの中にあるはずだよ」

まだ明るいうちに宿を出たが、道が混んでいたこともあり、工場に着いたのはもうすっかり日が暮れて日付が変わりそうな時間だった。

車から降りると、長時間の運転に疲れたらしく、洋二は両腕を突き上げるようにして伸びをした。

「なんかずいぶん久しぶりな気がするな。最後に来てから、まだ一ヶ月ぐらいしか経たないっていうのに。まあ、油にまみれてあくせく働く生活とは、もう無縁になったってわけだ。そう思えば、あのころの暮らしも懐かしいよ」

洋二が働いていた工場に悠紀子が来るのは初めてだった。まわりは倉庫や工場の他には廃材置き場と空き地があるだけだ。深夜ということもあり、辺りは静まり返っていて、人の気配はまったくない。ひとりでは絶対に来たくない寂しい場所だ。

シャッターを開ける音が、夜の闇の中に銅鑼《どら》の音のように響いた。工場内に閉じ込められていた昼間の熱のこもった空気がむわっと悠紀子を包み込んだ。同時に強烈な油の匂いが鼻をつく。

洋二が壁際に手を伸ばすと、工場内に明かりがついた。がらんとした空間に、車が何台か置かれている。

ボンネットがないものや、ジャッキで上げられタイヤがすべて取り外されたものなど、まるで車の死骸がいくつも転がっているみたいな印象を受けた。

「相変わらずむさ苦しいところだよな」

洋二がさっさと中に入っていき、壁際に無造作に並べられたロッカーに鍵を差し込んだ。ロッカーの中には作業着やタオルが乱雑に押し込まれてあった。その下から、セカンドバッグを取り出した。

「あった、あった」

中をのぞき込んで時計があることを確認すると、お手玉みたいにバッグを右手から左手、左手から右手、と放り投げた。

「あ、そうだ」

ふとお手玉をやめると、洋二はゆっくりと悠紀子のほうを振り向いた。唇を怪しく歪めている。なにか悪巧みを思いついたときの顔だ。

「どうしたの？」

「なんだかむらむらしてきちまった」

久々に嗅ぐ油の匂いになにかを刺激されたらしく、洋二は悠紀子を引き寄せて乱暴に抱きしめた。

「ここでつまんねえ仕事をしているとき、『ああ、早くアパートに帰って悠紀子を抱きたいなあ』って、いつも俺はそんなことばかり考えてたんだ。だからかな、ここに来たら、いきなりやりたくなってきたんだよ」

　無理やり唇を重ね、舌をねじ込んでくる。

「いやよ。誰か来たらどうするの？」

　両手で押しのけながら悠紀子は言った。

「誰も来やしねえよ。この辺りには民家はねえから、夜中には無人になるんだ」

　工場の中に転がる車の死骸に悠紀子の身体を押しつけ、洋二は乱暴にスカートをたくし上げる。

「だめよ。洋二、やめて。どっかのホテルに泊まりましょ。お金だったらあるんだから。ねっ、ホテルだったら落ち着いてできるでしょ」

　洋二の手から逃れようと暴れると、車が揺れてギシギシと耳障りな音を立てた。今にも工場の奥から誰かが出てきそうに思えて気が気ではない。

「やりたいときが、気持ちいいときなんだよ」

　悠紀子の抵抗を楽しみながら、洋二はスカートの中に入れた手をさらに奥へとねじ込んでくる。

　鼻息荒く首筋にキスを繰り返されると、そんなにまで熱烈に求められているということが悠紀子の心によろこびを芽生えさせ始めた。

いつしか悠紀子は洋二の背中に腕をまわし、ひとつに溶け合いたいという自分の思いを伝えようときつく抱きしめていた。

愛する男に熱烈に求められる幸せを感じながら悠紀子はうっとりと目を閉じ、洋二が手を動かしやすいように微かに脚を開いていった。

悠紀子のほうから洋二の唇を求め、髪をくしゃくしゃに掻き乱す。獣のようなふたりの吐息に、車のサスペンションが軋む音が重なる。

そのとき、規則正しいリズムを刻む音に、なにか違うリズムの音が混じっていることに悠紀子は気がついた。

悠紀子がハッとするのと、洋二が身体の動きを止めるのは同時だった。

視線を向けると、開け放ったままのシャッターのところから黒い人影がこちらに近づいてくるのが見えた。異音は靴底をだらしなく引きずりながらコンクリートの上を歩く足音だ。

悲鳴を上げて悠紀子は洋二の腕の中から逃れ、洋服の乱れを直した。

「ずいぶん捜しましたよ。だけど、やっぱりまた巡り会うことができた。それは僕たちが運命の男と女だからなんですよね」

疲れ果てた低い声で言ったのは鯉沼成彦だった。

スーツはよれよれになり、膝の辺りが泥で汚れ、髪は何日も洗っていないらしく不潔に脂ぎっている。失踪して以来、警察の捜索を逃れてどこかで野宿でもしていたのだろう。どこからどう見てもホームレスだ。

「いきなりいなくなるなんてひどいじゃないですか。おかげで僕はすべてを失ってしまいましたよ。だけど、わかってます。その男が悪いんでしょう？　悠紀子さんを無理やり連れ去ったんですね」

「なに言ってんだ、おまえ」

突然現れた成彦に驚いたことが恥ずかしかったのか、洋二が言葉を荒らげて詰め寄った。

「悠紀子はなあ、おまえのことなんか、全然好きじゃないんだよ。ただ金を巻き上げようとしただけさ。運命の女だ？　なんておめでたいやつなんだ。この女はただの性悪女なんだよ」

「黙れ！　悠紀子さんのことを悪く言うやつは許さない！」

いつもは温厚な成彦が洋二の胸ぐらをつかんで、そのまま壁まで一気に押しつけた。大きな音ががらんとした工場内に響いた。

不意をつかれた洋二は、顔を真っ赤にしながら成彦の腕を振り払おうとしている。それでも成彦は両手で胸ぐらをつかんだまま、洋二の頭を壁に何度も叩きつけた。

「あやまれ！　悠紀子さんにあやまれ！」

苦し紛れに伸ばした洋二の手が成彦の目を突く。成彦が怯んだ隙を見逃さず、洋二が膝で鳩尾《みぞおち》を蹴り上げた。

「いい加減にしろッ。調子に乗るんじゃねえよ、この運命野郎！」

後ろによろめいた成彦の顔面に、さらに拳が叩き込まれる。喧嘩慣れした洋二を相手にして、成彦に勝ち目はない。

尻餅をつくようにして倒れ込んだ成彦の脇腹を、頭を、洋二が容赦なく蹴りつづける。鼻血を流し、血を吐き、のたうちまわる成彦。このままだと殺してしまう。

「洋二、やりすぎよ！」

「うるせえ！　おまえは引っ込んでろ！」

完全に頭に血が上ってしまっている洋二は、止めようとする悠紀子を突き飛ばし、さらに成彦を蹴りつづけた。

「悠紀子さん！」

身体を丸め、両手で頭を抱え込んだ成彦が、悠紀子が倒れるのを見て悲鳴のような声を上げた。

大声に驚いて一瞬動きを止めた洋二の脚に、成彦がしがみついて引きずり倒す。虚を衝《つ》かれた洋二は勢いよく後ろに倒れて頭を打ち、低く呻《うめ》いた。

その上に馬乗りになり、成彦が拳で洋二の顔面を何度も殴りつける。

「悠紀子さんは僕の女だ。僕たちは運命の赤い糸で結ばれているんだ。おまえなんかに邪魔はさせない」

成彦は洋二の首に両手をかけた。洋二のこめかみに血管が浮き、顔面が紅潮する。

「やめて……。死んじゃう。洋二が死んじゃう」

悠紀子はふらふらと立ち上がった。床に落ちていた油の染み込んだボロ布をとっさに手に取り、背後から成彦の首に巻きつけた。

成彦が意外そうな声を出して振り返ろうとしたが、それより早く悠紀子はボロ布をつかんだ手に力を込めていた。

膝を成彦の背中に押し当て、身体をのけ反らせて全体重をかけ、力いっぱい絞め上げる。ひゅぅぅと空気が漏れる音が微かにした。喉元を掻きむしりながら成彦がもがき苦しむ。

それでも悠紀子は必死に絞めつづけた。後ろに伸ばした成彦の手が、悠紀子の手に触れた。硬直し、小刻みに震えている。

「いや……いやよ……。もう、あんたなんかいや……。これ以上、あたしにつきまとわないで……」

低く唸るような声で繰り返しつぶやきながら、悠紀子は力を込めつづけた。

成彦の自分への異常なまでの執着が恐ろしかった。洋二に言われるまま成彦を利用するのも、うんざりだ。もうこんなことは終わりにしたかった。

悠紀子はさらに成彦の首を強く絞めた。

成彦の両手がなにかをつかもうとするかのように虚空《こくう》に伸ばされ、すぐに、だらんと垂れ下がった。それまで必死に生命を主張していた肉体が一気に弛緩し、床の上に頽《くずお》れる。

その重さに耐えきれずに、悠紀子も成彦の上に倒れ込んだ。

悠紀子の身体もまた脱力し、起き上がることができない。頬と頬が触れ合っている。まるでなにか内緒話をしているみたいに成彦の唇が悠紀子の耳元にあるが、囁きどころか呼吸の音すらしない。

激しく咳き込みながら、背後で洋二が身体を起こした。

自分の傷を確かめるように、手のひらで頬を撫でまわし、顎を左右に数回動かしてから、血の混じった唾を足元に吐いた。

「死んだのか?」

そう訊ねられることによってようやく呪縛を解かれ、悠紀子は身体を起こすことができた。見下ろすと、成彦の顔は紫色に鬱血し、微かに開いたままの口からはパンパンにふくらんだ舌が飛び出していて、瞬きをすることのない瞳は虚空をぼんやりと見つめている。

「……たぶん、死んだと思う」

哀れな死に顔だ。仮にも自分のことを「愛してる」と言ってくれた男を自らの手で殺してしまった。なんてことをしてしまったのだろう。少し遅れて、自分のしたことの重大さに気がつき、足元から全身に震えがひろがった。

「どうしよう？　あたし、人殺しになっちゃった。捕まっちゃう……。警察に捕まっちゃうよ」

涙が溢れてきた。成彦の死を悲しんでというわけではない。警察に捕まって刑務所に入れられ、これから先何年も塀の中で暮らさなければならないかもしれない。ひょっとしたら死刑になるかもしれない。そう思うと、怖くて涙が止まらないのだ。

「大丈夫だ。心配するな」

洋二の手が背後から悠紀子の肩に置かれた。洋二は周囲をぐるりと見まわした。

工場のまわりは静まり返り、人の気配はまったくない。さっき洋二が悠紀子に言ったとおり、この辺りは工場と廃材置き場ばかりで夜になると誰も近づかないのだ。

「まだ誰にも気づかれてない。こんなやつのために、おまえが臭い飯を食う必要なんかねえ」

「だけど……」

「どうせ会社の金を横領して失踪してる男だ。どっかに埋めちまえばわからねえよ」

「埋める？」

「そうさ。埋めるんだ。いやか？」

洋二の言葉に、悠紀子は涙に濡れた顔を横に振った。

23

満月が照らす黄色い光の下、汗に濡れた腕や顔にまとわりつく藪蚊《やぶか》を手で払いのけながら、悠紀子と洋二は地面に大きな穴を掘った。

温泉からの帰り道で通った山の中。あそこなら人が訪れることもほとんどないだろうと考えて、成彦の死体を車のトランクに入れて運んだのだ。

近道しようと脇道に入り、偶然見つけた場所なので、幹線道路からは離れている。過疎化が進み、この辺りに人が住まなくなって久しいのだろう。

このまま埋めてしまえば、すべてはなかったことになるはずだ。死体を埋めるのに、これ以上適した場所はない。

悠紀子は洋二と向かい合って、地面に穴を掘った。握力がなくなり、終夜営業のホームセンターで買ったシャベルをつかむ手に力が入らない。

それでも、必死に穴を掘りつづけた。夜が明けるまでにすべてを終わらせてしまわないと、この悪夢が現実になってしまいそうに思えたのだ。

そう、これは悪い夢だ。朝になってベッドの中で目を覚ませば、すべて忘れてしまう夢に過ぎないと悠紀子は思い込もうとした。

辺りには鬱蒼《うっそう》と木が茂っている。穴を掘っているのは、六体の地蔵が並んでいるその裏の斜面を降りたところだ。地蔵はどれも頭が欠けていたり、肩口がえぐれていたり、見るも無惨な姿になっていた。

それは長年の風雨によって浸食されたのか、悪意を持った者のイタズラなのかはわからなかった。ただ、すでに何年も誰の目にもとまらずにここに放置されていたということだけは確かだ。

他にこのような悲惨な六地蔵が存在するとは思えない。死体を埋めた場所の目印にするには最適だろう。

「これぐらい掘れば大丈夫だ」

自分の腰の辺りまで穴を掘ると、洋二が身体を伸ばして腕で額の汗を拭った。

そのときが来た。ふたりは急いで車まで戻り、トランクを開けた。胎児のように身体を丸めた状態で成彦が詰め込まれていた。

「よし、そっちを持ってくれ」

洋二が成彦の足首をつかんで言った。悠紀子は成彦の頭のほうにまわり、両手首をつかんだ。そのとたん、背中に悪寒が走った。成彦の身体はまだ温かかったのだ。

「なに、ぼーっとしてるんだ。さっさと上げろよ。こんなところを誰かに見られたらどうするんだ」

命じられるまま悠紀子は成彦の身体を引っ張り上げた。思ったよりも重い。ふたりがかりでなんとか穴のところまで運んだ。

「一、二の三で、手を放せよ」

「わかったわ」

成彦の足首と手首をそれぞれつかみ、洋二と悠紀子は成彦の身体を左右に振り、反動をつけて穴の中に放り込もうとした。

「一、二の――」

洋二が「三」と言う前に悠紀子が悲鳴を上げた。成彦の手が悠紀子の手首をつかんだのだ。反射的に振り払おうとして、悠紀子はバランスを崩した。その上に成彦が覆い被さるように倒れ込む。

どす黒く顔面を鬱血させた成彦が、すぐ近くから虚ろな瞳で悠紀子を見つめている。

「……悠紀子さん、あなたを他の男には渡さない」

奥歯を噛みしめたまましゃべっているみたいに不明瞭な声。それでいてはっきりと、悠紀子には成彦の言葉が聞き取れた。

悠紀子はいやいやをするように首を横に振った。声を出そうとしても、喉がひゅーひゅー鳴るだけだ。なんとか成彦の下から這い出そうとするが、しっかりと上に乗られているのでそれもできない。

「この野郎、まだ生きてたのかッ」

呆然と立ちつくしていた洋二が、ふと我に返って大声を出した。その声に勇気づけられて、悠紀子の口からもようやく声らしきものが出た。

「いや！　洋二、助けて！　こいつをなんとかして！」

洋二がスーツの襟首《えりくび》をつかんで悠紀子から引き剝がそうとするが、成彦は最後の力を振り絞り、しっかりと抱きしめて放そうとはしない。

「なんてしつこいやつなんだ」

洋二は辺りを見まわし、拳ふたつぶんぐらいある大きさの石を手に取った。

「悠紀子から離れろ！」

成彦の後頭部目掛けて力いっぱい振り下ろす。鈍い音がして、成彦が悠紀子の上で身体をのけ反らせた。

自分の死を受け入れたかのような、不思議と穏やかな顔をして、成彦は悠紀子を見下ろした。

手のひらに巻かれていた包帯はいつの間にかほどけている。せめて最期にと言わんばかりに、火傷の痕が痛々しい手のひらをこちらに伸ばしてくる。そして成彦の右手が悠紀子の頬をそっと撫でた。

その優しい撫で方に、この人は本当にあたしのことを愛してくれていたのだと胸が熱くなった。

悠紀子の心がほっと緩む。頬を撫でていた成彦の手が首筋へと滑り、うなじを撫で上げるように移動して、いきなり悠紀子の左の耳たぶをぎゅっとつかんだ。いまわの際に、成彦が必死に声を絞り出す。

「今度会ったときに僕だとわかるように、このピアスはもらっていきます」

悠紀子は身体を硬くした。成彦が微笑み、そのままゆっくりと横に倒れ込んで穴の中に落ちていった。

その瞬間、ぶちっと音がしたかと思うと悠紀子の身体に激痛が走り、耳から首筋にかけて熱くなった。

なにが起こったのかわからない。確かめる余裕もない。

「おい、悠紀子、大丈夫か？」

たった今、成彦にとどめを刺した興奮で呼吸を荒くしながら、洋二が悠紀子の横に両膝をついた。ハンカチを取り出し、悠紀子の耳にそっと押し当てる。

「なに？　あたし、どうなったの？」

身体を起こし、耳に押し当てていたハンカチを見て、悠紀子は気が遠くなりそうになった。鮮血がぐっしょりと染み込んでいる。

成彦からだまし取った金で買ったダイヤのピアスと一緒に、耳たぶを引きちぎられたのだ。血はまだまだ溢れ出てくる。

「そこに座ってろ。こんなやつ、さっさと埋めてやるから。じゃねえと、安心できねえ」

洋二がシャベルを手に取る。

「今度は……今度は本当に死んだのかしら？」

ハンカチで耳を押さえたまま悠紀子はふらふらと立ち上がり、穴の中をのぞき込んだ。土が乱暴に投げ入れられる穴の底で、成彦は虚ろな瞳でこちらを見ていた。

生きているのか、死んでいるのか、はっきりとはわからない。ただ、悠紀子と目が合ったことは確かだ。あなたは僕のものだ。僕たちは運命で結ばれているのだ。と、その目は言っている。

見つめ合うふたりに嫉妬したかのように、洋二がシャベルで投げ入れた土が成彦の顔の上に降り掛かるが、目は見開いたままだ。

そのとき、眼球が微かに動いた。まだ、生きている……。成彦は、一時たりとも悠紀子から目を離すものかと、土が掛かっても瞬きをこらえているのだ。

悠紀子は悲鳴を上げることもできずに、ただ呆然と成彦の目を見つめつづけた。

そのことに気づかずに、洋二は奇妙な声を発しながら土を入れつづける。どさっ、どさっ、と土が降り積もり、成彦の身体はすぐに土に埋もれて見えなくなった。

完全に穴を埋めてしまい、土饅頭のように盛り上がった土を洋二は足で踏み固めた。

「これでさすがのあいつも、もう、ジ・エンドだ」

汗まみれになった青白い顔を向けて、洋二が笑った。

真夏の山の中は明け方が近くなっても、蒸し暑い昼間の熱気がまだ辺りを覆っている。たった今、人を殺したのだ。急に恐怖がこみ上げてきて、全身が小刻みに震えた。悠紀子は洋二の胸の中に飛び込んだ。

「抱いて」

ほとばしる激情に乗って、悠紀子の口からそんな言葉が出ていた。

「傷、大丈夫か？」

洋二に言われて手で耳に触れてみた。先ほどまであったはずの耳たぶが失われ、断面は肉と血でぐにゅぐにゅとしている。

だが、不思議と痛みは感じなかった。人を殺したという異常な状況で、痛みの感覚が麻痺してしまっているのだろう。

その代わり、なにかに急かされるように強烈な性欲が湧き上がってくる。目の前にいる男に、今すぐこの渇望を埋めてほしい。

「ええ、大丈夫よ。だから……」

悠紀子は呼吸を荒くしながら洋二の腰のベルトを外した。洋二の目がギラギラし始めた。洋二もこの異常な状況で興奮しているのだ。その興奮が性的な興奮に移行するのは自然なことだった。

「よし、さっきの工場のつづきだ。もう邪魔者はいないしな」

泥だらけのシャベルを放り投げると、洋二は悠紀子を乱暴に雑草の上に押し倒した。洋二の手が悠紀子の服をはだけさせる。悠紀子も洋二のアロハシャツのボタンを引きちぎるようにして外し、汗にまみれた逞しい胸板にキスをした。

何度も唇を重ねた。荒い吐息が混ざり合う。そこに相手の身体があることを確認するかのように、入念に撫でまわした。草が肌を刺すのも、藪蚊がまとわりつくのも気にならない。ふたりの興奮は最高潮に達していた。

「洋二、あたしを一生放さないでね」

「放さねえよ。俺たちは運命共同体なんだからな」

運命共同体……。

そう、悠紀子と洋二は人殺しという罪を背負った共犯者なのだ。一生、ふたりは離れられない。大きく開いた悠紀子の脚のあいだに洋二は身体を沈め、汗とは違う体液にまみれた部分に、硬くなったものを挿入してくる。

身体の奥深くまで侵入してくる洋二。ふたりの肉体がひとつになり、夜の闇の中に悠紀子の切ない喘ぎ声がこぼれる。

獣じみた声を上げながら、洋二が身体を前後に動かす。悠紀子は自分の受けている快感の大きさを伝えようと、洋二に力いっぱいしがみつく。

洋二の舌が首筋を舐めまわし、耳たぶがちぎれた悠紀子の耳を愛《いと》おしそうにしゃぶり、血を啜る。不意に痛みが蘇り、意識が鮮明になる。そのぶん、快感が強烈に身体の芯に響いてくる。

洋二が悲しげな声を漏らした。眉を八の字に寄せ、唇をわななかせている。それでも身体の動きは止まらない。自分の意志では抑えきれない衝動に突き動かされているのだ。

「いいのよ、このまま」

吐息交じりの悠紀子の囁きにはなにも応えずに、洋二はさらに激しく身体を動かしつづけ、いきなり動きを止めた。

悠紀子は身体をのけ反らせて嬌声を上げた。愛する男と本当の意味でひとつになりたい。そのときが迫っていた。

何億匹もの精子が悠紀子の身体の奥深くまで侵入してくる。その中の一匹が、待ちわびていた卵子と一体になる瞬間、強烈な光が悠紀子の下腹部から放射されたように感じた。目には見えない光だ。相変わらず暗い森の中で、悠紀子にははっきりとわかる。子宮の中に、新しい生命が宿ったのだ。

感動に身体が震えた。だが、震えはいつまで経っても収まらない。悠紀子は青臭い草の上に身体を横たえながら、いつしか興奮が不吉な予感に変化していることを感じた。

予感はその場をあとにしてからも常に下腹部にとどまりつづけ、とうとうその日が訪れた。

十月十日後に生まれた赤ん坊は、悠紀子の耳から引きちぎられたダイヤのピアスを握りしめていた——。

24

ドアを閉める音が部屋の中に響いた。

これから学校へ向かう颯太は眠っている母親を起こすまいと慎重に閉めたつもりなのだろうが、鉄製の扉は静まり返った部屋の隅々まで重い音を響かせた。

布団の中で悠紀子はじっと息を殺していた。災難が悠紀子の存在に気づかずに横を通り過ぎていくのを待っていたのだ。

だが、そううまくはいかない。案の定、すぐに電話が鳴り始めた。胃の中に重い石をいくつも詰め込まれたような気分になった。

「もう、いい加減にして！」

掛け布団をはね除《の》けて身体を起こした。

ここ数日、悠紀子がひとりでいるときに限って電話が鳴る。どこかから監視されているかのようだ。

悠紀子は部屋の中を見まわした。カーテンはきっちりと閉めてある。最近では一日中カーテンは閉めたままだ。マンションの七階なのだから、外からのぞかれる可能性はないと思っても、そうしないではいられない。

ソファーの下、クローゼットの中、戸棚の上、壁にかけられた絵の裏、部屋中を探してまわったが、もちろん誰もいないし、盗聴器や監視カメラの類いも見当たらない。

そのあいだも電話は鳴りつづけている。気が狂いそうだ。それが、この電話の主の目的なのだろう。

そのとき、いきなり電話がつながる音が聞こえた。悠紀子は悲鳴を上げて床の上にしゃがみ込み、自分の身体をぎゅっと抱きしめた。

誰かが受話器を取ったのかと思ったが違った。電話機のスピーカーがオンになった音だった。十数回つづけてコールされて出なければ、自動的に留守番電話に設定されるようになっているのだ。

つづいて、スピーカーから機械の音声が不在を告げる。電子音が鳴り、少し間があってから男の声が笑いながらしゃべり始めた。

『悠紀子さん、どうしたんですか？　そんなに怯えた顔をして。僕が怖いんですか？　僕にあんなひどいことをしたんだから、恨まれても当然ですよね。僕をだまして金を巻き上げて、それだけじゃ飽きたらずに、男と一緒に僕を山に埋めるなんて許せないですよ。あなたのことを信じていたのに……。だから僕は生き返ってきたんです。地獄の底から這い出してきたんです。おかげで地獄に一人欠員ができてしまったって閻魔《えんま》様がおかんむりです。代わりにあなたを連れてこいってうるさいんですよ』

嘘だ。一度死んだ人間が復讐のために生き返ってきたなんて、そんなことがあるわけない。鯉沼成彦は死んだのだ。土に埋まっていくところをずっと見ていたではないか。

悠紀子は震えながら必死に考えた。この電話の主はいったい誰なのか？　頭を抱え込んで必死に考えていると、ある考えが閃いた。

そうだわ、鯉沼はあのとき死んでなかったんだわ。

悠紀子は勢いよく顔を上げた。

てっきり死んだものと思い込んでいたが、あのとき成彦はただ仮死状態になっていただけで、悠紀子たちが立ち去ったあとに自力で土の下から這い出してきたか、誰かに助けられたのではないだろうか？

だとすれば、洋二に向かって颯太がいきなり「あの夜も……」と語り始めたのは、裏で成彦が糸を引いていた可能性も出てくる。

たとえば近所の公園かどこかで颯太がひとりで遊んでいるときに手なずけて、お父さんに「あの夜もこんな月が出ていたよな」って話してごらんとそそのかしたのかもしれない。

生まれてからずっと悠紀子たちには一言も言葉を発しなかった颯太だが、案外見知らぬ大人には懐いていた可能性はある。そして、もともと気が弱かった洋二は、その言葉を聞いてパニックを起こしてしまったのだ。

アキレス腱をハサミで切るのはさすがにやりすぎだが、五歳の子供なら、それが遊びだと言われれば信じてやってしまうのではないか？

そうだ。そう考えれば辻褄《つじつま》が合う。

悠紀子は自分の思いつきに力を与えられた思いだった。どうしてそのことに気がつかなかったのだろう。成彦は死んでいなかったのだ。

今までなんのアクションもなかったのは、洋二と別れて転居したために悠紀子の居場所がわからなくなっていたのかもしれない。それを最近ようやく捜し出して、復讐のつづきを開始したのだ。

ずいぶんと都合のいい推理だということはわかっていた。だけど、悠紀子はその考えにすがりつきたかった。

電話をかけてきているのが生身の鯉沼成彦なら少しも怖くない。成彦は真面目なだけが取り柄の退屈な男に過ぎない。

電話機のスピーカーからは、まだ成彦の声が聞こえてくる。恨みの言葉を繰り返し、悠紀子を怖がらせようと必死だ。真実に気づいてしまった今となっては、過剰な演技が滑稽でさえる。

もうだまされないわよ。悠紀子は受話器を手に取り、耳に当てた。電話の向こうで息を呑む気配が感じられた。悠紀子がなにを言うのか、心待ちにしている。

「嘘よ」

喉が詰まり、か細い声しか出ない。そのことが悔しくて、悠紀子は送話口に向かって大声で絶叫した。金切り声がほとばしる。

「あんた、本当は生きてるんでしょッ？　あのとき死んでなかったんでしょ？　わかってるのよ。こんなつまらない小細工をして、あたしを怖がらせようとしたって、そんなの無駄なんだからね」

『僕は一回死んで、地獄の底から戻ってきたんだ。あなたに復讐するためにね』

挑発するように成彦が低く笑いながら言う。

「嘘ッ！　嘘ッ、嘘ッ、嘘ッ、嘘ッ、嘘ッ。あたしはだまされないからね！」

悠紀子は叫びながら電話を切った。

呼吸が荒くなり、全身が熱く火照っていた。そのくせ冷たい汗が背中を流れ落ちる。恐怖と腹立ちとが意識を満たす。

いったいなにを恐れていたのか？　心配なら、事実を確認すればいい。今でもまだ成彦が土の下で眠っているかどうか確認すればいいだけのことだ。きっとあそこに成彦はもういないはずだ。

そう思い立つと一刻も早く確かめないと気が済まない。悠紀子は大急ぎで支度をして、部屋を飛び出した。駅の近くでレンタカーを借り、十五年前に成彦を埋めた場所へと急いだ。

あれ以来、あそこには一度も足を向けていない。意識的に避け、近づかないようにしていた。だが、あの場所を忘れることはできない。忘れてしまおうと努力したが、定期的に夢に出てきて思い出してしまう。

途中でホームセンターに立ち寄り、シャベルと軍手を買った。あの夜、秀島洋二と立ち寄ったホームセンターだ。十五年の歳月など感じさせず、ホームセンターは昔と変わらぬ姿のまま国道沿いに建っていた。

さらに車を走らせていると、まるで昨日この道を通ったばかりのように、自分でも驚くほどはっきりと記憶が蘇ってきた。

あのときは夜で今は昼間、あのときは助手席で今は運転席、という違いがあったが、それでもまるであの悪夢をもう一度なぞっているかのような錯覚があった。

そのせいか、後ろが気になって仕方ない。トランクに成彦の死体が入っている気がする。

もちろんそんなはずはない。なぜなら成彦は死んでいないのだから。

小川沿いになだらかにカーブする坂道を上っていく。日差しがきらきらと水面に反射し、すがすがしい眺めだ。

右側に古ぼけた小さな郵便局が見えてきた。すでに閉鎖されてからずいぶん長い時間が経つのだろう。ガラスは白く曇り、寂れ果て、不気味に残骸を晒している。

その廃郵便局は当時からあった。それを目印にして、次に二股に分かれている道を右に入り、舗装されていない細い山道を延々と登っていけば、左側に朽ちかけた六体の地蔵が立っているはずだ。その後ろの林の中に成彦を埋めた。

成彦を殺害したのは突発的なことだったので、なにも準備はしていなかった。とりあえず埋めてしまい、もしも捜査の手が迫ってきたら、あとで掘り起こしてもっと遠くに埋め直すか、燃やして灰にしてしまおうと考えていた。だから、わざわざ目印になる地蔵の後ろに埋めたのだ。

だが、事件は発覚しなかった。鯉沼成彦が会社の金を横領し、そのまま海外へ逃亡したと世間は考えた。

ワイドショーで警察OBだというコメンテーターが推理しているのを観ながら、悠紀子は洋二と一緒に胸を撫で下ろした。このまま自分たちが黙っていれば、事件が明るみに出ることはない。

埋めるときに、身元がわかりそうなものはすべて成彦の死体から剝ぎ取り、途中のコンビニのゴミ箱に捨てた。何年か経って骨が発見されたところで、それが成彦の死体だとわかる可能性は低いはずだ。

だから、それっきり掘り返すこともなく、放置しておいた。もしも本当に死んでいたのだとしたら、成彦はあの場所に今でも埋まっているはずだった。

こんな真っ昼間から、シャベルで土を掘り返していたら不審に思われるかもしれないが、かなりの山奥だ。誰に見られるというのか？

それに真夜中の暗闇で穴を掘って死体を捜すなんて、そんな恐ろしいことはできない。たとえ、そこに成彦が埋まっていないということを確認するためだとしてもだ。

もう少しだ。もう少しで、あの忌まわしい場所に到着する。そうしたら、成彦が本当は生きていたのだと確認することができる。自然とアクセルを深く踏み込んでしまう。

だが、悠紀子は途中で車を停めざるを得なかった。通せんぼをするように、道にロープが張ってあった。黄色と黒のロープの中央には『危険・これより先、立入禁止』という文字が書かれた板が吊るされていた。

警告を無視して前に進もうにも、その向こうには土砂が積もっていて、道はない。そこはもうすでに山の一部になっていた。

どうやら土砂崩れで道が塞がれてしまったらしい。

車を降りて、道を塞いだ土砂をよじ登って前方をうかがうと、それより先の山は無惨に荒れ果てていた。

森林伐採の果てに地盤が緩み、大雨のときに土砂崩れを起こしたといったところだろう。当然、目印にしていた六地蔵の姿も見当たらない。

だいたいの記憶を呼び覚まして見当をつけた位置にも、やはり剝き出しの土砂があるだけだ。とてもあの場所を捜し出して、成彦が本当に今も埋まっているかどうか確認することはできそうもなかった。

こんな山奥だ。あと何年も、何十年も、土砂崩れは放置されるだろう。もしも成彦が埋まっているのだとすれば死体が発見されることはない。

本当ならよろこぶべきことなのだが、今の悠紀子は素直によろこぶことができなかった。成彦が生きているのか死んでいるのか、土砂崩れのせいで確認することができなくなってしまったのだから。

悠紀子が途方に暮れていると、背後で物音がした。砂利を踏み鳴らして誰かがこちらに向かってくる気配があった。驚いて振り返ろうとするのと、男の叫び声が聞こえたのは同時だった。

「おい、待て！」

その声は悠紀子に向けられたものではなかった。

「まだだめだ。ちくしょう」

男の声がそう付け足された。

ジーンズに白いTシャツ姿の女が、先ほど悠紀子が登ってきた斜面を駆け上がってくるのが見えた。その女には見覚えがあった。

「……秋山先生？」

以前に会ったときは濃紺のスーツ姿だったので、印象が違っていてすぐには誰だかわからなかったが、聡明そうなその目鼻立ちは間違いない。そこにいるのは颯太の担任教師である秋山美穂だ。

でも、なぜ彼女がここにいるのか？

美穂は息せき切ってすぐ近くまで駆け寄ってくると、大きく肩を上下に動かしながら悠紀子を睨みつけた。

呼吸の荒さは、なにも走ったからだけではなさそうだ。怒りに燃えた瞳が、そのことを物語っている。だが、美穂の怒りの原因がなんなのか、悠紀子には見当もつかない。

「秋山先生、どうしてここに？」

「どこなの？　どこに埋めたの？　さあ、白状しなさい」

美穂は悠紀子の胸ぐらをつかみ、激しく揺さぶった。

「やめてッ、なんのことよ」

悠紀子は必死に手を振り払おうとした。身体をよじるとさらに首が絞まる。助けを求めようとしたが、苦しくて声も出なかった。

もっともこんな山奥では誰も助けに来てはくれないだろう。血の流れが遮られ、意識が朦朧としてくる。この女は本気であたしを殺すつもりなんだわ。恐怖が足元から全身をさーっと飲み込んでいった。

「やめろ！」

今まさに気を失いそうになったとき、斜面を駆け上がってきた男が美穂を羽交い締めにして、悠紀子から引き剝がした。

塞がっていた気道に一気に空気が流れ込み、悠紀子は激しく咳き込んだ。

「放して！　お願い、放してよ！」

大声で叫びながら、美穂は必死に男を振り払おうとしている。

「美穂、落ち着け。落ち着くんだ。こんなことをしちゃだめだ」

男は必死に美穂を宥《なだ》めようとする。その声は電話で成彦を名乗っていた男とよく似ていた。

悠紀子はすべてを理解した。

「あんたたちだったのね、あたしに変な電話をかけてきてたのは」

「兄をどこに埋めたのッ？　あなたに少しでも人間らしい心が残っているなら、正直に言いなさい！」

「……兄？」

「そうよ、私はあなたに殺された鯉沼成彦の妹よ。兄は殺されただけではなく、すべての罪をあなたに押しつけられたのよ。おかげで私たち家族は犯罪者の家族と後ろ指をさされ、父も母も失意のうちに亡くなったわ」

羽交い締めにした男の腕を振り払おうともがきながら、美穂が叫びつづける。

その興奮した様子を見ているうちに、悠紀子は少しずつ自分の心が落ち着いてくるのを感じた。同時に自然と唇に笑みが浮かんでくる。

「鯉沼成彦はあんたにとってはいいお兄さんだったようね。だけど、あたしにとってはとんでもなく気色の悪いストーカーだったの。あんなやつ、死んで当然よ。……だけど、あたしは殺してないわよ」

「とぼけないで。あなたは兄を山の中に埋めて殺したのよ。秀島洋二っていう男と一緒にね」

確信を持った様子で美穂が言う。

どうしてそんな具体的な内容まで知っているのか？　あのことに関しては、洋二とのあいだでも会話に出すのはタブーであり、もちろん他の誰にも話したことはない。

どうやって調べたのか気味が悪かったが、結局は浅はかなお嬢さん仕事だ。詰めが甘い。

「証拠はあるの？　あたしが鯉沼を殺したっていう証拠が」

悠紀子が馬鹿にしたように言うと、美穂は悔しげに唇を噛んだ。

連れの男が成彦のふりをして脅かして、成彦が本当に死んだのかどうか悠紀子が確認しに行くように仕向け、死体が埋められた場所を突き止めて動かぬ証拠を手に入れようという考えだったのだろう。

だとしたら、その計画は失敗だ。こらえ性なく飛び出してきた馬鹿女め。もっとも、土砂に埋もれてしまい、悠紀子自身も成彦の死体がどこに埋まっているのかわからなくなってしまったのだから、もう捜しようがないのだが。

「証拠なんて、どうでもいいわよ。きっとこの近くに埋められているんでしょ？　私はお兄ちゃんから全部聞いたんだから！　放して。宮下さん、放して！　この女に自分がやったことを白状させてやるんだから！」

宮下と呼ばれた男は、美穂を羽交い締めにしながら、じっと悠紀子を見つめた。

まっすぐに見つめるその目には美穂のような憎悪の感情は見られないが、もっと違った感情が読みとれた。正義感というやつだ。なんだか首の辺りがくすぐったくなってしまう。

ふんっ。悠紀子が鼻で笑うと、プライドを傷つけられたという様子で宮下が口を開いた。

「今までは半信半疑だったけど、あなたがこうやってシャベルを購入して山奥までやってきたのを見て、僕は確信しました。あなたが美穂のお兄さんを殺し、ここに埋めたってことを。だけど裁くのは僕たちじゃない。日本は法治国家なんだから。なんとしても証拠を見つけ出してみせますよ。僕の愛する人のためにね。そして絶対に、あなたに罪を償わせてみせます」

青臭い正義感を振りかざされて、悠紀子の心は冷え切ってしまった。さっきまで感じていた恐怖や怒りもあっさり消えて、白々しい気分ばかりが残った。

土砂崩れを起こした辺りの変わりようはすさまじい。山頂付近が崩れて、成彦を埋めた場所を大量の土砂が覆い尽くしている。あの殺人事件の証拠が発見される可能性はほとんどないはずだ。

「言いがかりもいいところよ。もし今度、変な電話をかけてきたら、こちらこそ警察に通報するわよ」

そう言うと、まだ憎悪の言葉を投げつづける美穂と無言で睨みつける宮下をその場に残し、悠紀子は斜面を駆け降りた。

あぶないところだった。もう少しで、あいつらの罠に落ちるところだった。悠紀子はほっと胸を撫で下ろして車に乗り込み、忌まわしい過去が埋まった山中をあとにした。

25

「どうして邪魔したのよッ？　もうちょっと問いつめれば、あの女は絶対に白状したのに」

美穂は拳で車の窓ガラスを叩いた。

普段だったら「ヒステリーを起こすなよ」と冷ややかに注意する宮下だったが、今日は違う。苦虫を嚙みつぶしたような顔でハンドルを握りしめたまま、まっすぐ前を見ている。集中しないと、運転を誤ってしまいそうなのだろう。宮下も平常心ではないのだ。

「白石悠紀子が君のお兄さんを殺して埋めたのは、どうやら本当のようだ。だけど、彼女が埋めたのがあそこだとしたら、お兄さんを見つけ出すのは大変だぞ。土砂崩れでかなり地形が変わっているだろうし。埋めた本人でも正確な場所はわからないに違いない」

「どうしてそう冷静でいられるのッ」

美穂は金切り声を上げた。

「僕は別に……」

「あなたはお兄ちゃんの死体が見つからないほうがいいと思ってるんでしょッ？　このままうやむやにしておきたいんだわ。オカルトチックなことに関わることで、自分の精神科医としてのキャリアに傷がつくのを怖がっているのよ」

「おい、落ち着け。そんなことはない。僕だってすべてをはっきりさせたいと思ってるさ」

「じゃあ、どうして邪魔をしたの？　あの女はお兄ちゃんを殺したのよ。私たち家族を悲惨な目に遭わせたのよ。そのお返しに、私があの女に罰を与えてやるわ」

「君が罰を与えるって、どうするつもりだ？　あのまま絞め殺してしまうつもりだったのか？」

「そうよ。殺して埋めてやるのよ。あいつがお兄ちゃんにしたのと同じように」

「冗談はよせ」

「じゃあ、あなたはどうするつもりよ？」

「警察に情報を流して、もう一度捜査するように働きかけてみるよ」

「本気で言ってる？　警察があんな話を信じると思うの？」

「わからない。だけど、こちらが真剣に話せば、警察だってちゃんと調べてくれるさ」

「そんなもの、気休めよ。十五年間も兄のことを犯罪者としてしか扱わなかった警察なのよ。

信用できるわけないじゃないの。もういい加減にして。あなたが気乗りしないなら、私がひとりで復讐してやるわ」

美穂はシートベルトを外し、走りつづける車のドアに手をかけた。

「おい、やめろ」

「車を停めて！　早く！」

美穂はかまわずドアを開けた。宮下が慌ててブレーキを踏んだ。後続の車がクラクションをけたたましく鳴らしながら追い越していった。

「美穂、落ち着けよ。僕を信用してくれ」

車から降りて振り返ると、宮下が心配そうな目で見つめていた。

さっき山の上で、絶対に悠紀子に罪を償わせてやると言ったのは本心なのだろう。宮下は美穂のたったひとりの味方なのだ。思いがけず涙がこみ上げてきた。そのことに気づかれないように美穂は顔を背けた。

「ごめんなさい、感情的になっちゃって。少し歩いて頭を冷やすわ。だから、お願い、ひとりにして」

ドアを閉めて歩き出した。

宮下は美穂の後ろをしばらくゆっくりと車を走らせていたが、小さくクラクションを鳴らしてそのまま追い越していった。一度言い出したら美穂は他人の言うことなど聞かないということがわかっているのだ。

悪いことをした。宮下はこの一週間、クリニックを休診にして、成彦のふりまでして何度も悠紀子に電話をかけてくれたというのに……。

兄が山に埋められたという話が事実だったとわかり、美穂は気持ちが動転していたのだ。だが、そうやって感情をぶつけることができるのは、宮下が美穂にとって特別な人だからだ。それは恋人としてだけではない。美穂の心の傷を癒してくれたのが宮下だったのだ。

美穂がどんな苦労をしてきたのか、宮下にだけは話したことがあった。カウンセリングを受けているときのことだ。美穂の神経症の原因を遡って探っていくうちに、やはり兄のことを避けては通れなかった。

誰にも話したことはなかった。それぐらい、美穂にとっては苦しい日々だった。話そうと思うと喉が詰まり、声が出なくなる。

結局、無言で向き合うだけのカウンセリングを三週つづけて、ようやく悠紀子は兄の失踪について宮下に語ることができた。それほど強い力で無理やり抑え込んでいたからこそ、心に悪影響を与えたのだろうが……。

他人の心を治療する仕事をしている宮下には、美穂の苦しみが自分の苦しみのように生々しく感じられるのだろう。そのときも、なにか痛みをこらえているかのような苦悶に満ちた表情を浮かべていた。

成彦とは年齢がひとまわり近く離れているので、ほとんど喧嘩をした記憶はない。いつも保護者のように美穂を守ってくれていた。優しくて、頭がよくて、頼りになる兄が大好きだった。

大きくなったらお兄ちゃんと結婚するの、と親戚たちの集まりの場で宣言してみんなに笑われたこともあった。そのときの、照れくさそうな、それでいてとてもうれしそうな成彦の笑顔は、はっきりと覚えている。

「ほんと、ふたりは仲がいいのねえ」

と母親が囃《はや》し立てたものだ。それは、まだ家族が家族として機能していた、幸せな時期の思い出だった。

そんな兄にも好きな女性ができた。そのことを聞かされたときにはショックも受けたが、それ以上に応援したい気持ちが強かった。だから、相手の女性にプレゼントする指輪を一緒に選んであげたりもした。美穂は純粋に成彦の幸せを願っていたのだ。

そのため、兄が突然失踪したときは大きなショックを受けた。おまけに失踪の裏には犯罪が絡んでいると聞かされて、まだ中学生だった美穂は、比喩ではなく本当に目の前が真っ暗になった。

経理を任されていた兄が会社の金を横領し、そのまま失踪しただなんて……。

マスコミが一日中、家のまわりをハイエナのようにうろつきまわり、おかげで残された美穂と両親は、出歩くどころか、昼間でも窓のカーテンを開けることができなくなった。

近所の人たちから犯罪者の家族と後ろ指をさされ、美穂は通学途中に小学生たちの集団に石を投げつけられた。きっと、その子らの親が家の中で美穂たち一家の悪口を言っていたのだろう。

美穂は必ず成彦が帰ってきて、すべては誤解だと世間に対して真実を話してくれると信じていた。だが、いっこうにその気配はなかった。

警察やマスコミの捜索にもかかわらず、成彦の行方はまったくわからなかった。

いつまで経っても成彦が見つからないと、親なら責任をとって代わりに金を返済しろと会社から迫られた。

父は家を売り、退職金を前借りして、成彦が横領した金の半分ほどを返済した。そのあとには、美穂たち家族にはなにも残されていなかった。

自慢の息子が他人から後ろ指をさされるようなことをしたのがショックだったのだろう、憔悴《しょうすい》しきった父は家を売り払って引っ越した先のアパートの鴨居《かもい》に括りつけた電気コードで首を吊って自殺した。度重なる不幸で母は体調を崩して入院し、父のあとを追うようにあっけなく息を引き取った。

残された美穂は、ひとりで生きていくにはまだ若すぎた。母の兄である伯父が養女として美穂を引き取ってくれたが、忌まわしい一家の名前を捨てることを条件とした。鯉沼美穂は、それ以降、犯罪者の兄や不幸な死を遂げた両親とのつながりを清算して、秋山美穂として生きていくことになったのである。

それでも、美穂は信じていた。兄は悪いことなんてしていない。もしも会社の金を引き出したのが兄だとしても、それにはきっと、やむを得ない理由があったはずだ。誰かが兄をそそのかしたか、陥れたのだ、と。

ずっと消えずに残っていたその考えが、期せずしてさっき、事実だということがはっきりした。白石悠紀子が兄をだまし、金を奪い、殺したのだ。

お兄ちゃん……。お兄ちゃんに罪を着せて、私たち家族をバラバラにしたやつは、私が絶対に許さないからね。

26

「ただいま」

学校から帰ってきた颯太が廊下の奥に向かって声をかけたが返事はない。家の中は静まり返っていた。

どうやら悠紀子はいないようだ。店を開けるにはまだ早い。普段のこの時間なら、前日の酒が抜けきらない悠紀子は出かける気力もなく、リビングのソファーでぐったりと横になっているのが常だというのに。

なにかあったのかな？　いやな予感が胸の中で騒いだ。

最近は悠紀子の様子がおかしく感じられることも多かった。じっと颯太のことを見つめていたり、ときおりちょっとした物音に大袈裟なほど驚いたりすることがあった。

それに、以前のように颯太を怒鳴りつけたりしなくなっていた。どこか颯太と顔を合わせたくなさそうにしているのだった。

殴られるのはいやだったが、避けられるのはもっといやだ。悠紀子は颯太にとっては最愛の母なのだから……。

廊下を通って自分の部屋に向かおうとして、颯太はふと足を止めた。リビングはカーテンが閉ざされていて、どんよりと暗かった。

その部屋の隅で赤いランプが点滅していた。留守番電話に伝言が録音されているというサインだ。

颯太は鞄を持ったままリビングに向かった。部屋の中の空気が澱んでいる。とりあえず風を入れようとカーテンと窓を開けたが、室内に入ってくるのは粘り気のある湿った空気だけだった。

不快な気分をまとったまま、颯太は点滅している赤いランプに向き直った。再生ボタンを押そうとして、指が直前で止まった。

悠紀子宛の伝言なら勝手に聞くのも気が引ける。だが、悠紀子は携帯電話を持っている。個人的な用件なら、なにも留守電に録音したりしないで携帯電話にかけるだろう。

それに対して、颯太は携帯電話は持っていない。ひょっとしたら、朱里が仲直りしたくて電話をかけてきてくれたのではないだろうか。なにしろ、父親に会いに行った日以降、毎日、教室で顔を合わせているのに一言も口をきいてくれないのだから。

そう自分に都合よく考えて、颯太は再生ボタンを押した。

スピーカーから聞こえてきたのは、朱里の可愛らしい声ではなかった。低く押し殺した男の声が、少しひび割れて響く。

『悠紀子さん、どうしたんですか？　そんなに怯えた顔をして。僕が怖いんですか？　僕にあんなひどいことをしたんだから、恨まれても当然ですよね。僕をだまして金を巻き上げて、それだけじゃ飽きたらずに、男と一緒に僕を山に埋めるなんて――』

男が話す内容を聞いていると不意に、エレベーターで一気に何十階ぶんも上昇したときのように耳の奥がツーンとした。電話機とのあいだに薄い透明な板を挟んでいるような聞こえ方になった。鼓動が速くなり、喉が急激に狭まっていく。

息苦しさから、颯太は無意識のうちにシャツの胸元のボタンを外していた。浮き出た汗が珠《たま》になって鳩尾を流れ落ちていく。口の中に湧き出てくる生唾《なまつば》を飲み込んだ。喉仏が大きく上下に動いた。

電話の男は得意げにしゃべりつづけているが、言葉の意味は少しも頭に入ってこない。

颯太は小さく頭を振った。まるで氷の上に立っていたかのように、身体が横にすっと五センチほど滑る感覚があり、驚いてテーブルにつかまった。灰皿が落ちて、山盛りになっていた吸い殻が足元に飛び散った。

身体の中でなにかが暴れまわっている。颯太はテーブルに手をついたまま、その感覚にじっと耐えた。

同時に全身がむず痒くなってきた。特に顔に違和感があった。まるで泥でも塗りたくり、それが乾いてきたかのような不快な感覚だ。

何気なく手で顔に触れてみた。そこは硬く、驚くほど乾いていて、とても人間の肌とは思えない。

なにが起こったのか？　慌てて洗面所に駆け込んだ颯太は、洗面台の大きな鏡に映った自分の顔を見て、思わず息を呑んだ。

額から眉間、そして頬にかけて細かい亀裂が何本も走っている。おそるおそる指先で触ると、微かに隆起しているその部分は、小枝を踏んだような音とともに窪み、顔の右半分にさらに細かく亀裂が走った。

短く悲鳴を上げて、颯太は手をのけた。とても正視できないが、それでも自分の身にいったいなにが起こっているのか確認しないではいられない。

ゆっくりと鏡に顔を近づけていった。よく見ると、亀裂の下に赤いものが見える。それはぬらぬらと光っている。血だ。そう確信したとたん、乾ききった皮膚がボロボロと崩れ落ちていった。

どうすることもできない。颯太はただ呆然と鏡を見つめつづけた。

剝がれ落ちた顔の下から、すぐに見知らぬ男の顔が現れた。血と粘液にまみれた顔。男は苦笑しながら話し始めた。

「僕のことを思い出してくれたかな？」

「知らない。知らない。おまえなんか、知らない！」

「とぼけなくてもいいじゃないか。もうだいたい思い出したんだろ？　そう、僕は君の――」

「やめろ！」

颯太は悲鳴を上げながら鏡に拳を叩き込んだ。

鏡に蜘蛛《くも》の巣のようにヒビが入った。そのとき、颯太の激情が悪夢を振り払ったかのように、突然幻は消えた。割れた鏡に映っているのは、見慣れた自分の顔だった。

今のはなんだったのか？　夢でも見たのだろうか？　少し落ち着いてくると、手が猛烈に熱く感じられた。見ると、割れた鏡で怪我をしたらしく、血が出ている。

だが、熱いのは傷口ではない。颯太は右手をひろげた。疼くのは火傷のあとのように皮膚の引き攣れた、この手のひらだ。物心ついたときには、もうこうなっていた。

昔一度、母に「僕、赤ちゃんのころに火傷をしたの？」と訊ねたことがあったが、そのときの青ざめた母の顔は今でも忘れられない。訊いてはいけないことなのだ。幼いながらも颯太はそう確信して、それ以来、一度も話題にしたことはなかった。

その手のひらが、ついさっき火傷を負ったばかりのように疼いているのだった。

「なんなんだよ、これは……？」

颯太は誰に言うともなく言って、顔を上げた。割れた鏡に映っているのは、やはり自分の顔だった。だが、少し違和感がある。

目の前にかかっていた靄《もや》が晴れたみたいに、頭の中がすっきりしていた。生まれてからさっきまでずっと、なにかベールがかかった視界で世界を見ていたかのようだ。

「とぼけなくてもいいじゃないか。もうだいたい思い出したんだろ？　そう、僕は君の……。そう、僕は君の……」

さっき鏡の中の男が口にした言葉を繰り返してみた。すると、雷に打たれたように全身に衝撃が走った。遮られた言葉のつづきが、颯太の中に湧き上がってきた。激しい感情の揺れが颯太を襲った。抑えきれない怒りが身体の内で沸騰している。

颯太は電話機のところまで戻った。男はまだしゃべりつづけている。その声には聞き覚えがあった。あの宮下とかいう精神科医の声だ。

「なにをふざけたことを言ってるんだ、こいつ」

宮下の声を遮るように、颯太は留守録音の消去ボタンを乱暴に押した。

27

やわらかな間接照明に包まれた室内。少年がひとり、リクライニングされたソファーに身体をあずけている。彼は軽く目を閉じているが眠っているわけではない。ときおり思い出したように口を開き、低く嗄れた声を絞り出す。

「――暗い穴に放り込まれて、上から土をかけられたんです。息ができなくて苦しかった。すぐに土の重みで身体をピクリとも動かすことができなくなってしまいました」

話の内容とは裏腹に、少年は柔和な表情を浮かべている。

「修学旅行のときにクラスメイトたちと悪ふざけをしてて、布団をかけられ、その上に十数人に乗っかられたことがあったけど、そういう感じでしたね」

懐かしい思い出を語っているかのような口振りだ。唇に微かに笑みが浮かんでいる。

「それでどうなったんですか？」

横から問いかける声が聞こえた。

少し間を置いてから、少年はまた話し始めた。今度は声の調子が少し変わった。微かに興奮しているのがわかる。

「完全に埋まってしまうと、口が塞がれて呼吸ができないっていうよりも、身体全体にすごい力がかかってるから肺をふくらませることができなくて、空気を吸えないんです。苦しくてねぇ。目の前が真っ暗になってしまいましたよ。ふふっ、もっとも土に埋められたときに、すでにもうまわりは完全な闇だったんですけどね」

少年は目を閉じたまま小さく笑い、また話をつづけた。

「だけど、ある瞬間、ふっと楽になったんです。重かった土が実は羽毛だったってことに気がついたみたいな感じだったなぁ。もちろん、そんな勘違いをするわけはないんです。あとから思えば、魂が肉体を抜け出たんでしょうね。肉体から抜け出るぐらいですから、土ぐらいなんでもないんですよ。僕の魂はぐんぐん空高く昇っていきました。そしたら――」

「ちょっと待って！」

今まさに天に昇っていこうとする魂を引き留めようとするかのように、女の声が割って入った。ビデオ画面には写っていないが、それは秋山美穂の声だ。

この映像は美穂に連れられてきた白石颯太に催眠療法を施したときのものだった。一見無意味に思えるほんの些細な仕草を見逃さないために、宮下は診療の様子をいつもビデオカメラで撮影しておくようにしていた。

美穂が車から降りてしまったあと、宮下はクリニックに帰ってきて、颯太の退行催眠の様子を記録したビデオ映像を見ながら、今日自分が見聞きしたことをひとりで検証していたのだった。

まさか、颯太が口にしたことが事実であるとは信じていなかった。成彦のふりをして悠紀子に電話をかけたのも、美穂にしつこく頼まれたからだ。

この歳になってイタズラ電話なんてと抵抗があったが、美穂の経験してきた苦しみの大きさはカウンセリングの過程でいやというほど聞かされていた。それで彼女の気が済むならと思って協力しただけだった。

だが、今はもう信じないわけにはいかない。

どんな些細な仕草も見逃さないように、ほんの小さなつぶやきも聞き逃さないように、宮下はモニター画面をじっと見つめた。患者を治療するときはいつも真剣だったが、今ほど真剣に診療ビデオを見たことはない。

「もう少し……、もう少し前のことを話して」

美穂がフレームの端から画面に入り込んできて、ソファーに横たわっている颯太の腕にすがりついた。

「おい、やめろ。勝手なことをするな。無闇《むやみ》に話しかけたりすると危険だ。今、彼の意識はずっと昔に戻っているんだから」

宮下がいつになく厳しい口調で言うと、美穂は勢いよく振り返った。

「じゃあ、あなたが訊いてよ。お兄ちゃんを埋めたのは誰なの？　お兄ちゃんの首を絞めたのは誰なの？」

愛する恋人の願いだ。代わりに質問してやってもよかったが、ビデオ映像の中で宮下は迷っていた。

美穂に乞われるまま、颯太に催眠療法を試みた。それは普段から宮下が実際の治療に使っている方法だった。だが、美穂は最初から宮下に、颯太に退行催眠をかけさせるつもりだったのだ。

おそらく肉親の勘で、颯太が鯉沼成彦の生まれ変わりだと感じていたのだろう。それが職員室でのやりとりでほぼ確信に変わった。そのことを確認するために、どこかで聞きかじった退行催眠を試してみたいと考えたのだ。

宮下は前世や輪廻転生《りんねてんしょう》などというオカルトチックなことは一切信じていなかった。もちろん前世療法というものがあることは知っていたが、毎週日曜日に催眠療法を行っていた宮下でも、今までに一度もそんな経験――患者が前世について語り始めたなどということはなかった。せいぜいが、本人の記憶にない幼児のころの体験を語るぐらいだ。

だから美穂から、颯太に「生まれる前のことを訊いてみて」と頼まれたときも、また馬鹿なことを言い始めたものだとあきれ、軽い気持ちで試してみたのだった。

その結果が今、モニター画面に映し出されているのだ。

軽く催眠をかけただけなのに颯太はいきなり深いトランス状態に陥り、語りたくて仕方なかったとでもいうように、自分から前世の記憶をぽつりぽつりと話し始めたのである。「美穂、おまえ、大人っぽくなったな」という言葉を皮切りに……。

颯太は、自分は鯉沼成彦だと名乗り、美穂との思い出をいくつも語った。その思い出話はどれも本当のことだったのだろう、美穂はしきりにうなずきながら話を聞いていて、大きな瞳から涙を幾粒もこぼした。

もちろん宮下は颯太の告白を信じたわけではなかった。

美穂に関する思い出話も、以前にひょっとしたら生徒たちのあいだで探偵ごっこのようなものが流行《はや》り、美人女教師をかっこうのターゲットとしていろいろ調べまわったことがあったのかもしれない。

その記憶が颯太にそんなことを言わせているのではないだろうかと考えた。そう考えるのが自然だった。

「ちょっと待てよ。冷静に考えてみろ。もしも本当に白石君がお兄さんの生まれ変わりだとして、君がそのお兄さんの担任になるなんて、そんな偶然があるか？　話が出来すぎだとは思わないか？」

宮下は自分が疑問に思っていることを美穂に言った。そのことによって、これがただ颯太が無意識的に作り上げたストーリーに過ぎないと気づいてほしかったのだ。だが、美穂の考えは揺るがなかった。

「出来すぎなんかじゃないわ。私とお兄ちゃんが出会ったのは、偶然じゃなくて必然なの。生まれ変わりについての本をいろいろ読んでみたんだけど、魂のグループというのがあって、そのグループは何回も繰り返し一緒に、同じ時代、同じ場所に転生し、カルマを果たしていくの。『袖振り合うも多生《たしょう》の縁』って言うでしょう。現世で出会うということは前世でも因縁があったってことなんだから」

まるであぶない宗教に毒されたかのように瞳を輝かせながら言う美穂の様子を見て、宮下は苦々しい思いになった。もうなにを言っても無駄だ。

だが、颯太が語る内容は、すべて美穂が知っていることばかりであるのも確かだ。本物の成彦なら、美穂の知らないことも知っているはずだ。美穂自身もその点を確かめたかったのだろう、自分の知らない事実について質問してくれと宮下に頼んだ。そして、それが美穂の一番知りたいことだったのである。

「ねえ、お兄ちゃんが私たち家族の前から急にいなくなったのはどうしてなのか訊いてちょうだい」

美穂の手が宮下の腕にそっと触れる。頭がぼんやりする。口の中が気持ち悪くて、宮下はさかんに生唾を飲み込んだ。

もしもこの少年が話していることが本当だったら、自分は今、死んだ人間と話していることとになる。馬鹿げたことをしていると思いながらも、宮下は頼まれるまま颯太に訊ねた。

「あなたはもう亡くなっているわけですよね？　最期の瞬間のことを話してくれませんか？」

宮下のその問いかけに対して颯太が語り始めたのが、冒頭のビデオ映像の内容だった。だが、颯太——鯉沼成彦は肝心な部分を飛ばして話し始めたのである。まるで、そのことについては話したくないというように。

そのため焦《じ》れた美穂は、宮下が制止するのもきかずに颯太にすがりついて「もう少し前のことを話して」と懇願したのだった。

それまではどちらかといえば饒舌に話していた颯太が急に黙り込んだ。ずっと目を閉じたままなので、眠ってしまったのかもしれないと思ったが、眉間に深い縦皺が寄せられている。十四歳の少年のものとは思えない、深い苦悩を示す縦皺だ。

「ねえ、お兄ちゃんを殺したのは誰なの？　ねえ、教えてよっ」

重苦しい沈黙に耐えかねた美穂が大きな声を出した。意識が別の次元をさまよっている状態から一気に目覚めさせたら危険だ。

「いい加減にしろ。勝手に話しかけるなって言ってるのがわからないのか！」

宮下は美穂の腕をつかんで引き離そうとした。

「放してよ！」

美穂は宮下の制止など聞かずに、颯太の身体にすがりつく。わがままな妹にあきれたのか、颯太は瞼を閉じたまま苦笑を浮かべた。

「悠紀子さんは悪くない。悪いのは秀島洋二だ。悠紀子さんは悪くないんだ」

颯太はぽつりとつぶやいた。

「……悠紀子？」

美穂は必死に記憶の糸をたぐろうとする。聞き覚えのある名前なのだろう。そして、思い出した。

「悠紀子って、ひょっとして白石君のお母さん？」

美穂が確認しようとしたが、颯太は話しすぎたことを後悔したのか、唇を硬く結び、そのあとは一言も口をきかなかった。

白石悠紀子が鯉沼成彦を山に埋めて殺したというのが真実なら、この少年が話した内容はすべて本当だったということになる。

「生まれ変わりだなんて……」

宮下はモニター画面を見つめながら苦々しげにつぶやいた。

そのとたん、背中に冷たい水を流し込まれたかのように、全身に鳥肌が立った。胸に手を当てると鼓動がいくつも聞こえそうな思いに囚われた。

颯太が成彦の生まれ変わりであるとしたら、宮下自身も誰かの生まれ変わりであるかもしれないのだ。まるで自分の身体の中に、幽霊が二重写しで存在しているかのようではないか。

宮下は大きくひとつ息を吐いて、患者用のソファーに腰を下ろした。少しだけ背もたれをリクライニングして、足を投げ出した。

リモコンを操作して、宮下はもう一度最初からビデオを再生し直した。

颯太は荒唐無稽《こうとうむけい》な内容の告白をつづけている。このときはまったく信じていなかったが、今となってはもう颯太の言葉はすべて真実だと認めないわけにはいかない。

悠紀子の罪を暴くには、このビデオを公開する必要がある。だが、美穂の言うとおり、宮下は自分の信用に傷がつくことを恐れていた。前世の存在を主張したりしたら、そのことによって精神科医としての自分の将来が闇に閉ざされてしまうかもしれない。

それでも公開しないわけにはいかない。このビデオ映像の中で颯太が証言しているとおりならば、鯉沼成彦は殺されたのだから。

成彦の死体が埋まっているだいたいの場所もわかった。このままなにも見なかった、なにも聞かなかったというふりはできない。

もっともあの現場は土砂崩れで埋もれてしまっていて、自分たちだけで掘り起こして捜し出すことなど不可能だ。警察に相談しようかと思ったが、確かに、こんな話を信じてはくれないだろう。

それでも方法がないわけではない。高校時代の後輩に、テレビ局でディレクターをしている柏原《かしわばら》という男がいる。最近でもたまに会って一緒に酒を飲んだりしているが、「なにか面白い企画はありませんか？」というのが彼の口癖だ。

過去に柏原が手がけた番組は霊能力で失踪者を捜すといったものなど、オカルト系のものが多かった記憶がある。

今回のことを話してやったら、きっとよろこんで飛びついてくるだろう。潤沢なテレビ制作費をつぎ込んでもらえれば、あの山を掘り起こすことも可能かもしれない。

れっきとした精神科医である宮下が顔出しでテレビに登場すれば、視聴者の信頼も得られるだろう。

その調査の過程でもしも鯉沼成彦の死体が見つかれば、前世の記憶で十五年前の失踪が殺人事件であったことが立証されたと一般マスコミも含めて大騒ぎになるはずだ。

死体が見つかることで、白石颯太が鯉沼成彦の生まれ変わりであることも証明される。こんなセンセーショナルな企画に、柏原が飛びついてこないわけがない。

そうと決めたら、今すぐ柏原に連絡しておいたほうがいいだろう。宮下が机の上に置いた携帯電話に手を伸ばそうとしたとき、待合室のほうで物音が聞こえた。

　ここ数日は美穂の復讐に付き合わされていたので予約の患者はすべてこちらからキャンセルにしてもらい、クリニックは休診にしていた。当然、患者が来る予定はない。

　おそらく美穂が訪ねてきたのだろう。感情的になって宮下にひどい言葉を投げつけてしまったことを後悔し、あやまりに来たに違いない。

　宮下はソファーの背もたれに身体をあずけて頭の後ろで手を組み、待合室に面したドアをじっと見つめた。

　あえて声はかけなかった。扉のすぐ向こうで美穂がばつが悪そうにもじもじしていると思うと、愛おしくてついにやついてしまう。

　宮下はソファーに腰掛けたままじっと待った。前世の記憶について語る颯太の声ばかりが、診療室の中に控えめに響く。

　ノブがゆっくりと回転し、ドアが音もなく開かれた。そこに立っていたのは美穂ではなかった。

「……白石君」

　暗い目をした颯太が立っていた。

　宮下は慌てて身体を起こそうとしたが、その動きは途中で止まった。颯太が手に持っているものに目が釘づけになる。

颯太は金属バットを手にしていた。野球の帰りという雰囲気ではない。なにか硬いものを思いっきり叩いたことがあるのだろう、ボールをヒットする箇所が大きく凹んでいる。

その変形の仕方が、宮下に不気味な圧力を感じさせた。

「その映像を消去しろ」

颯太は低く押し殺した声で言って、ソファーへと近づいてくる。

「いや、これは違うんだ。催眠中の様子は他の患者さんのものも、いつも撮影させてもらっているんだ。普通は診療前に同意書にサインをもらって、その中にビデオのことも書いてあるんだが、白石君の場合は正式な診療ではなかったから許可を得るのを忘れてしまっただけなんだ」

鬼気迫る颯太の様子に、宮下は柄にもなく動揺してしまった。慌ててリモコンを手に取り、再生を中止した。

「悠紀子さんを苦しめるやつは僕が許さない」

颯太はバットをフルスイングして、宮下が手に持っていたリモコンを叩き落とした。リモコンが壁に当たり、砕け散った。右手に激痛が走る。リモコンと同じく、宮下の手の骨も砕けていた。

悲鳴を上げてソファーから転がり落ちた宮下は、右手を抱え込むように身体を丸めた。一気に全身が熱を持ち、汗が噴き出す。

おそるおそる自分の手を見ると、指の何本かがあり得ない方向に曲がっていた。声にならない呻きが漏れてしまう。

気配を感じて顔を上げた。と同時に、バットが振り下ろされてきた。とっさに左腕で頭をかばうと、今度は腕の骨がぐしゃっと砕けた。再び激痛に襲われ、宮下は床の上を転げまわった。

颯太がバットのグリップをしっかりと握り直しながら近づいてくる。

「や、やめろ！　君は自分がなにをしてるかわかってるのか！」

宮下は這うようにして部屋の隅へと必死に逃げた。

「わかってますよ。僕は悠紀子さんを守らなきゃいけないんです。申し訳ないですが、あなたにはこの世から消えてもらいます」

診療の様子を無断で撮影していたことを怒っているのかと思ったが、どうやら違うらしい。

「ひょっとして、君は……」

「僕と悠紀子さんの仲を邪魔するやつは許さない。それが誰であろうとも」

目の前にいるのが本当は誰なのか、確認しようとする宮下の頭を目掛けて金属バットが力いっぱい振り下ろされた。

28

悠紀子は久しぶりに爽快な気分で玄関のドアを開けた。このタイミングに合わせて電話が鳴り始めるということはもうない。そう思うと、つい顔がほころんでしまう。

自分にまとわりついていた成彦の影は、実は秋山美穂の仕業だとはっきりした。世の中の超常現象なんていうのは、たいていそういうものだ。

ずっと成彦の亡霊に怯えていたぶん、それから解放された悠紀子は晴れやかな気分だった。

それにしても、まさか颯太の担任の女教師――秋山美穂が成彦の妹だとは想像もしなかった。一緒にいた男が成彦のふりをして電話をかけていたのだろう。成彦の名前を名乗られて、すっかりだまされてしまった。

あり得ないことだとわかっていながらも、本当に成彦からの電話ではないかと恐ろしくなったほどだ。ひょっとしたら何回かに一回は、本物の鯉沼成彦からの電話が交じっていたのではないだろうかとすら思える。

馬鹿馬鹿しい。悠紀子は頭を振った。

そんなことをいつまでも考えているのは悠紀子の性に合わない。景気づけにと帰りにパチンコをしてみたら、大当たり連発で大勝ちした。玉が入りすぎて、やめるきっかけがつかめず、帰宅がずいぶんと遅くなってしまった。

手探りで玄関の明かりをつけ、靴箱の上に置かれている電話機の子機の液晶時計を見ると、もう十一時を過ぎている。とっくに店を開けなければいけない時間だが、なにもこんな素晴らしい解放感を味わった日まで、穴蔵みたいな店で働く必要はないだろう。

今夜は臨時休業だ。

口笛でも吹きたい気分で廊下を奥に進んでいくと、不意に悠紀子は違和感に気がついた。部屋の中が陰気に静まり返っている。人の気配がまったくないのだ。

「颯太、いないの？」

颯太の部屋に向かって声をかけてみたが返事はない。扉を開けると、やはり颯太の姿はなかった。窓の下の街灯やネオンの明かりが微かに入り込み、部屋の壁を青白く染めているだけだ。

颯太がこんな時間に家にいないのは珍しい。もっとも颯太はもう中学二年生だ。友達と夜、家を抜け出して遊び歩くのは普通のことだ。もともとあの子は少し真面目すぎる。少しぐらいはめを外したほうがいい。

自分を納得させ、冷蔵庫から缶ビールを取り出してリビングのソファーに腰を下ろした。プルタブを引き、ビールを喉の奥に流し込む。静かすぎるのがいやで、リモコンでテレビの電源を入れた。

時代劇が画面に映し出されたが趣味ではない。適当にチャンネルを変えてみても、面白そうな番組はなかった。いつもは店で飲んだくれている時間なので、特に観たい番組も思い当たらない。

やっぱりテレビはやめてCDでもかけようかと思ったとき、チャンネルのひとつに悠紀子の目が引きつけられた。普段はめったに観ないニュース番組だ。

テレビ画面の中で、レポーターが少し慌てた様子でしゃべっている。なにか事件が起こったらしい。

悠紀子はテレビ画面を見つめたままソファーに深く腰掛け、ビールをさらに一口飲んだ。どうやら殺人事件のようだ。しかも、場所は西荻窪ということだから、悠紀子のマンションから車で十五分程度の距離だ。

現場は野次馬でごった返している。その前で、レポーターの若い女がときどきメモを見ながら、スタジオのキャスターの質問に答えている。

レポーターの背後に見える、ライトアップされた建物にはなんとなく見覚えがあった。西荻窪には何度も行ったことがあるので、前を通ったことがあるのだろう。身近に起こった事件だと知り、よけいに興味が湧いてきた。

ボリュームを上げてテレビ画面に見入ると、いきなり被害者の顔写真が映し出された。思考が止まった。胸が苦しくて、息をするのを忘れていたことに気がついた。悠紀子は喘ぎながらテレビのほうに身を乗り出した。

写真は、なにかの証明写真のようだ。顎を引き、まっすぐ正面を向いている。いかにも頭が良さそうな知性的な顔。その顔写真を見たとたん、悠紀子は成彦の亡霊につきまとわれていた悪夢がまだ終わってないことを知った。

画面に映し出された写真は、昼間、山の中で会った、美穂と一緒にいた男だ。間違いない。

「死亡したのは宮下クリニックの院長である宮下和也さんと見られています。繰り返します――」

フレームの端から、誰かがレポーターに紙を手渡した。それを受け取ったレポーターがさらに興奮した口調で読み上げる。

「今入った情報によりますと、ビルの監視カメラに、バットを手に持った不審な人物が写っていたということです。ただ、その人物は一見したところ少年と思われるため、警察は慎重に捜査を進めているということです。繰り返します――」

……少年？

とっさに悠紀子の頭の中に明確に犯人の顔が浮かんだ。昼間、美穂は確か、成彦が悠紀子に殺されて山に埋められたことを兄から聞いたと言っていた。成彦はあそこに埋まっているのに、いったいいつ聞いたというのか？

そんなこと、決まっている。颯太だ。……いや、鯉沼成彦の生まれ変わりである化け物だ。颯太が生まれてきたときに握っていたダイヤのピアス……。無くしていたピアスが出産のどさくさに紛れて出てきただけだ。颯太の手から落ちたように見えたのは気のせいだと思おうとしたが、あれはやはり現実だったのだ。

今回のことは美穂たちが仕組んだ復讐劇のはずだった。だが、美穂たちもあの化け物のことを甘く見ていたようだ。成彦の復讐は本物だったのだ。

気がつくと、暗闇に怯える小動物みたいに全身が小刻みに震えていた。成彦は秀島洋二にしたようにあたしを追いつめ、地獄に堕とそうとするに違いない。

冷たい！

反射的に視線を落とすと、手が震えていて、こぼれたビールが手や太股を濡らしていた。

驚いてビールの缶をテーブルに置こうとしたが、自分の手なのにうまく動かすことができない。

缶がテーブルと触れ合ってカチカチカチカチと神経質な音を立てる。

「なんだよ、ちくしょう！」

怯えていることが悔しくて、悠紀子は缶をテーブルに叩きつけた。白い泡が辺りに飛び散った。

ビールを浴びた手が粘ついた感触に包まれている。まるで手のひらが血にまみれているように感じられ、背中を悪寒が駆け抜けた。悠紀子は洗面所に向かった。とにかくこの不快なべたつきを洗い流したい。

だが、洗面所のドアを開けた瞬間、悠紀子は悲鳴を上げた。鏡に蜘蛛の巣状にヒビが入り、何人もの悠紀子が血走った瞳でこちらを睨みつけていた。

颯太だ。颯太が叩き割ったのだ。

悠紀子は転げるようにしてリビングに戻った。それを待っていたかのようなタイミングで、テーブルの上に置かれた携帯電話が軽やかな音楽を奏で始めた。

全身の血が凍りつく。悠紀子が見つめる先で携帯電話は、ビールにまみれたテーブルの上をバイブの振動で微かに横に移動する。まるで不気味な生き物に見える。

怯える悠紀子の様子を面白がっているかのように、携帯電話がテーブルの上で躍っている。悠紀子が出るまで鳴らしつづけるつもりだ。

着メロに設定しているポップスは悠紀子のお気に入りの曲だった。電話が鳴り始めて出るまでのあいだの短い時間聴くだけでも楽しい気分になれるから選んだ。その曲が、今は聴くに堪えない不気味なメロディに感じられた。

もうこれ以上聴きたくない。

悠紀子は思い切って携帯電話を手に取った。ひんやりと冷たい感触が、それがただの機械なのだと教えてくれる。ディスプレイ画面の表示を確認する余裕もなく、悠紀子は携帯電話を耳に当てた。

『あっ、ママ?』

低い声。それに颯太は悠紀子のことを「お母さん」と呼んでいる。

「……誰?」

喉の奥から声を絞り出して訊ねた。

『俺だよ、大久保だよ。今、店の前まで来たんだけど、鍵がかかってるし、看板も灯りが点いてないし、今日は休みなの?』

普段だったら、また明日来てよ、と冷たく応対するところだったが、今は違う。ひとりでいるのが怖い。とにかく誰かに側にいてほしかった。

「今日はちょっと風邪気味だから店は休もうと思うんだけど、せっかく来てくれたのに悪いから、あたしの部屋で飲まない？　七〇三号室よ」

悠紀子はいつになく優しい声で囁いた。

店と住居は同じ建物内にあったが、仕事とプライベートは切り離しておきたかったので、店の客を部屋に招いたことはない。唯一、殺された園部を除いては。

思いがけない誘いを受けて、大久保が柄にもなく電話の向こうで戸惑っているのが感じられる。

『……だけど、いいのかな？　颯太君がいるんでしょ？』

大久保は迷っている口振りだが、それは一応は遠慮してみたというポーズでしかない。

「大丈夫よ。颯太なら今日は友達の家に泊めてもらうことになってるから。だから遠慮しないで、早く来て」

口から出任せを言っていた。本当のことを話しても信じてはくれないだろう。とりあえず、大久保に来てもらうのが先だ。

電話を切ると、悠紀子は部屋の中を落ち着きなく歩きまわった。不安で不安でたまらない。時間が経つのが異常に遅く感じられた。大久保さん、早く来て……。

悠紀子の願いが通じたのか、玄関ドアの向こうから、エレベーターがこのフロアに停まる低いモーター音が微かに聞こえた。

扉が開閉する音につづいて、廊下を歩く足音が近づいてくる。神経が過敏になっているのか、普段は聞こえない些細な音が、今夜は何十倍にも増幅されて悠紀子の耳にはっきりと届く。

「遅いわよ」

待ちきれずに玄関に向かい、ドアを開けた悠紀子は目を見開いて全身を硬直させた。そこに立っていたのは、颯太だった。いや、見た目は颯太であっても、中身は鯉沼成彦だ。

「悠紀子さん。うれしいですね。僕のことを待っていてくれたなんて」

颯太はそう言って微笑んでみせた。屈託のない笑顔。その表情は生前の成彦がよく見せていたものだ。顔つきはまったく似ていないが、全身から漂う雰囲気は紛れもなく鯉沼成彦だった。

悠紀子はよろりと一歩、後ろに下がった。自然に閉まろうとするドアに手をかけ、颯太が玄関に入ってくる。颯太の手に握られた棒状のものに目がとまった。

シーツのようなもので包まれているが、それが野球のバットであることは一目でわかる。そして、それが赤黒い液体にまみれていることも……。布地に滲み出たその液体は血だ！

悠紀子は廊下をあとずさりしながら、ゆるゆると首を左右に振った。声が出ない。

「どうしたんですか？　僕のことを忘れたわけじゃないでしょ？」

「こ、鯉沼……、鯉沼成彦……」

「よかった。ちゃんと覚えていてくれたんですね」

「あんた、ほんとに鯉沼さんなの？」

「それは難しい質問ですね」

颯太は少し困ったように顔をしかめて頭を掻いた。

「僕は鯉沼成彦でもあるし、悠紀子さんの息子の颯太でもあるし……。まあ、いろいろとややこしいんですよ」

こともなげに言ってみせる。いきなりこんなことを言われたら、冗談か、息子の気が変になってしまったと思うことだろうが、今となっては信じないわけにはいかない。

だからといって、前世の記憶を持った息子——自分を殺した女の息子として生まれてきた人間など、化け物としか思えない。

「納得してくれたんですね。ほっとしましたよ」

悠紀子が黙っていると、颯太が大人びた口調で言った。

「だけど、ひどいじゃないですか。秀島みたいな悪い男とグルになって僕のことをだますなんて」

「洋二が言っていたことも本当なのね。颯太が五歳のときに洋二に、自分が鯉沼成彦の生まれ変わりだって伝えたのね」

「そうですよ。あいつは目障りだったんで、僕の生活から早々に退散してもらったんです。でも、面白かったですよ。まだ幼い自分の息子がいきなり、『あの夜も』って話し出したときのあいつの顔ったら、最高だったな」

颯太は必死に笑いをこらえながらも、我慢しきれないといったふうに肩を震わせた。悠紀子はそんな颯太をじっと見つめた。その視線にこもった嫌悪感に気づかずに、颯太は得意げに語りつづける。

「秀島という邪魔者さえ排除してしまえば、僕と悠紀子さんふたりの生活がつづくわけだし、それでいいかなと思ったんです。だけど、あぶなかったですよ。小学校に上がるころからどんどん僕の意識が薄れていったんです。代わりに白石颯太としての意識が頭の中を占めていき、僕はしばらく暗い闇の中に閉じ込められてしまっていたんです」

颯太は苦々しげに顔をしかめた。どうせならそのまま消えてなくなればよかったのに……。悠紀子のそんな思いを嘲笑うように、颯太はさらに話をつづけた。

「だけど、あなたと園部が交わっているところを見た颯太が怒りと性的興奮で我を忘れたときに、僕ははっきりと意識を取り戻したんです。まあ、それでも普段はまだ颯太の陰に隠れて、自分を取り巻く状況がどんなだかじっくりと見極めていたわけですが」

そうやって話しているあいだも、颯太は慎重に一歩ずつ間隔をつめてくる。同じ距離を保ちながら悠紀子は後ろに下がりつづけた。

「それで、今度は私に復讐するの？」

「復讐なんかしませんよ」

廊下を抜け、リビングに入ったところで腕をつかまれ、いきなり壁に押しつけられた。

「ひぃっ……」

「恨んでもいません。僕は悠紀子さんのことを愛してるんです。殺されたって、その心は変わりません。だから、あなたも僕を愛してほしいんです。僕の望みはひとつだけです。あなたと愛し合いたい。未来永劫、愛し合いつづけていたい……」

颯太の手が悠紀子の髪に触れた。壊れ物を扱うかのように慎重な様子で髪を撫でる。長い髪を指先で優しく払い、首筋にそっと顔を近づけてくる。

「いい匂いですね」

颯太は感極まった表情で、鼻先が触れ合うほど近くからじっと悠紀子を見つめる。

「僕たちの邪魔をするやつは許さない。それが誰であっても……。愛しているんだ。悠紀子さん、あなたがほしい。僕のものにしたい。いや、あなたは僕のものになる運命なんだ」

颯太が微かに首を傾げて、顔を近づけてくる。最近、急に背が伸びたが、それでもまだ悠紀子よりは少し低いので、颯太は微かに背伸びをしている。甘ったるい吐息が悠紀子の頬をくすぐる。

颯太の唇が悠紀子の唇に近づいてくる。もう少しで唇と唇が触れ合う。その手前で、悠紀子は我に返って颯太を両手で押しのけた。

「いやよ、やめなさいッ。颯太、あんたはあたしの息子なのよ。目を覚ましなさい！」

悲しそうに顔を歪めて、颯太は首を横に振った。

「白石颯太であると同時に、僕は鯉沼成彦でもあるんです。あなたの運命の男なんですよ。そのことはもうわかってくれたはずでしょ？　あなたと愛し合うために生まれ変わってきたんです。さあ、僕の愛を受けとめてください」

「もしも……、もしも、あんたが鯉沼成彦だとしても、運命だなんて、そんなのあんたの勝手な思い込みじゃないの。あたしはあんたなんか、ちっとも愛してないわ。あたしはあんたのものになんかなりたくないの！」

横を擦り抜けて玄関のほうに逃れようとした悠紀子の腕を颯太がつかんだ。すごい力だ。まだ子供だと思っていたが、颯太はいつの間にか大人の男と変わらない力強さを身につけていた。

「僕がこんなに愛しているのに、どうして悠紀子さんはわかってくれないんですか！」

颯太が絶叫し、悠紀子を再び壁に押しつけて両肩をしっかりとつかんだ。指先が、痛いほど食い込む。

「いやよッ、放して！」

「わかってください。運命は変えられないんですよ」

悲しげな瞳の奥に、燃え上がる情熱がうかがえる。

颯太は荒々しく悠紀子の唇に自分の唇を重ねた。少年特有のやわらかな唇の感触。そのやわらかさを感じるとすぐに、悠紀子に猛烈なタブーの意識と無力感が芽生えた。

心がバラバラになり、全身から力が抜けていく。そのことを感じ取ったのだろう、肩をつかんでいた颯太の手の力が緩められた。

運命を受け入れるしかないのかもしれない。相手は死を乗り越えてまで悠紀子を追ってくる執念深い男なのだ。そんなあきらめの感情に支配されていく。

悠紀子の心が大きくしなり、もう少しでポキンと折れてしまいそうになったとき、チャイムの音が軽やかに響いた。それでも颯太はキスをやめない。

少しの間を置いて、もう一度チャイムが鳴り、つづいてドアを開ける音が聞こえた。唇を離し、颯太が忌々しげに舌打ちした。

「お、開いてるじゃないか。ママ、遅くなってごめんよ。タバコがなかったから、ちょっとコンビニまで買いに行ってきたんだよ」

大久保の声だ。とっさに助けを求めようとしたが、一瞬早く颯太に手で口を塞がれた。

「どうしたんだい、ママ。トイレかい？　鍵が開けっ放しだなんて不用心だな。気をつけないと。勝手に上がらせてもらっちゃっていいのかな？　いいよね。お邪魔しますよ。それにしても、最近はタバコの自動販売機が減っちゃって不便になったなあ」

憧れの女の部屋に招かれたという気持ちの高ぶりを抑えることができないらしく、やたらとひとりごとをつぶやきながら大久保が玄関を上がってくる。

大股で近づいてくる大久保の足音に耳を澄ましながら、颯太はじっと廊下につながるドアを睨みつけている。

決定的な瞬間を前に、また邪魔が入ったことが許せないのだろう。煮えたぎる怒りで理性が麻痺したかのような血走った目をしている。

微かに蝶番を軋ませながらドアが開き、大久保の巨体が現れた。すでにどこかで飲んできたのか真っ赤になった顔の、太り過ぎのために盛り上がった頬の肉が強張る。

「なにやってるんだよ、おまえ！」

颯太が悠紀子を壁に押しつけて手で口を塞いでいるのを見て、大久保が大声を出した。

「おまえには関係ないことだ。さっさと帰れ！」

そう怒鳴る颯太の声は震えている。怯えているわけではない。怒りを抑えきれないのだ。

一度死んだのに執念で生まれ変わり、土の下で成虫になる日を待つ幼虫のごとく長い年月を耐えてきた。そして、ようやく思いを果たそうとする成彦の前に現れた邪魔者。それが大久保だ。成彦の怒りは沸点に達していた。

「関係ないってことはないだろう。母親に暴力を振るうなんて、男として最低だぞ」

子供を叱る良識ある大人の顔でそう言い、大久保は颯太の肩に手をかけて悠紀子から引き離そうとした。

相撲取り並みの巨体である大久保と、華奢《きやしや》な颯太との力の差は歴然としている。颯太はあっさりと床の上に尻餅をついた。

「おまえも悠紀子さんを狙っているのか？」

奥歯を嚙みしめたまま、颯太が忌々しげに言う。

「なんだって？」

「おまえも僕から悠紀子さんを奪おうと思ってるんだろう？　だけど、それは無理だ。悠紀子さんと僕は、運命の赤い糸で結ばれているんだからな」

「な、なにを言ってんだよ。俺は別におまえのお母さんをどうこうしようとは……」

曖昧な笑みを浮かべて、救いを求めるように大久保は悠紀子に視線を向けた。颯太の言葉を、母を狙う男に対する憤りだと誤解したらしい。

だが、悠紀子は大久保の笑みに応えることはできない。颯太の怒りはそんな微笑ましい思いからではないのだ。悠紀子は無言で顔を背けた。

「僕は悠紀子さんのことを愛しているんだ」

颯太の言葉に反応し、大久保が間抜けな声を出した。

「愛してるだって？」

颯太の唇に口紅がついていることに気がついたらしく、大久保がぎょっとして、颯太と悠紀子を交互に見た。

自分が誤解していたことにやっと気がついたらしい。大久保の顔つきが一気に変わった。

「このクソガキ……。おまえ、自分の母親になんてことをしやがるんだ」

大久保は大きな足音を響かせて颯太に近づき、襟首をつかんで激しく揺さぶり、そのまま突き放した。

颯太は勢いあまって壁のところまで転がり、床に横たわったまま大久保を睨みつけた。

「僕たちの邪魔をするやつは許さない」

「俺だって、おまえのようなやつは許せねえよ。まだガキなんだから、今のうちにそんな変態の芽は摘んでおいたほうがいいな」

大きな拳を握りしめて、大久保は指の骨をポキポキ鳴らした。

芝居がかった大久保の仕草を鼻で笑い、颯太が右手をすっと横に滑らせる。その先にあるのは、シーツに包まれたバットだ。

「なんだ、そりゃあ？」

布の中から引き抜かれたバットは粘着質の赤黒い液体にまみれていた。

生臭い匂いが一気に部屋の中にひろがり、大久保もやっとそれが血だと気がついたようだ。だが、大久保は悠紀子のように怖がったりはしない。血を見て、かえって目を輝かせた。

「今度は血まみれのバットか。おまえ、それで誰を殴ったんだ？　いったい、おまえはなにをしてるんだ？　気でも狂ったのか？」

頰を紅潮させ、額に血管を浮き上がらせながら大久保が颯太に詰め寄る。素早く立ち上がると、颯太はバットを振り上げた。

「うるさいッ。おまえには関係ないことだ」

大久保の額に浮き出た血管を目掛けて、颯太が力いっぱいバットを振り下ろした。とっさに大久保が首をすくめて身体を丸める。バットは肩口に当たって鈍い音を立てたが、アルコールの酔いと分厚い脂肪のせいで、大久保は特にダメージは受けた様子もない。

のっそりと背中を伸ばし、大久保が颯太を睨みつける。

「このガキ……。俺を本気で怒らせやがったな」

鬼の形相で威嚇する大久保にまったく怯むことなく、颯太はもう一度バットを振り下ろした。

今度は大久保の脳天を直撃して硬い音が鳴った。それでも大久保は平然と颯太を睨みつけている。その大久保のこめかみから顎にかけて、一筋、真っ赤な血が流れ落ちた。

手の甲で拭った血を見て、大久保はさらに興奮したらしく獣の咆吼《ほうこう》を張り上げた。

「おおおおお！」

それでも颯太には大久保の怒りのすさまじさを感じ取る能力がないらしい。さらに大声で叫んで大久保を刺激する。

「さっさと僕たちの前から消えろ！」

今度は野球の球を打つときのように横殴りにバットを振った。大久保の脇腹に食い込み、巨体がわずかに前屈みになった。さらに颯太は何度も何度もバットを叩き込みつづけた。そのたびに、大久保が低く呻く。

颯太はバットで滅多打ちにしたが、大久保は身体を丸めて致命傷を受けないように手で頭をかばっている。颯太が殴り疲れるのを待っていたのだ。

颯太の手が止まった一瞬を見逃さず、大久保が素早く手を伸ばしてバットをつかんだ。大久保が血まみれの顔でにやりと笑う。

「大人を舐めんなよ、このクソガキが」

片手でバットを捻って颯太の手からあっさり奪い取ると、これからバッターボックスに入る長距離ヒッターのように、ブンッと風を切る音を鳴らしながらバットを振った。颯太のやわらかな前髪が風になびく。

大久保はにやにや笑いながら、颯太に迫り寄っていく。颯太は少しも怯えることなく、こちらもまた憎悪に血走った目で大久保をじっと睨みつけている。死ぬことなど少しも怖くないといった決意が感じられる。

大久保が一歩踏み込み、バットを斜めに振り下ろした。颯太が身体をのけ反らせて、それを避ける。空振りした大久保は、すぐに今度は反対向きにバットを横殴りにした。肩口にバットが食い込み、颯太は床の上に倒れ込んだ。

「貴様……」

肩を押さえて身体を起こしながら、颯太はギリギリと音が鳴るほど奥歯を嚙みしめた。

「まだそんな目で俺を見んのかよ。よ～し、それなら思い知らせてやるよ」

大久保がバットを握り直す。

颯太は目に怒りを漲らせながら、床の上をあとずさる。その背中がベランダへの掃出し窓に当たった。もう下がれない。

「さあ、さっきのお返しだ」

颯太の頭目掛けて、大久保が思いっきりバットをフルスイングしようとする。

「やめて！」

ほとんど無意識のうちに、悠紀子は背後から大久保の腰に飛びついていた。

虚をつかれた大久保が、バランスを崩して頭から窓に突っ込んだ。ガラスが割れる大きな音が鳴り、大久保はアルミサッシもろともベランダに転がり出た。

悠紀子はなにが起こったのかわからずに呆然とベランダを見た。本来ならガラスがある場所にそれはなく、大久保の巨体がうつぶせに横たわっている。

割れたガラスで怪我をしたのだろう、大量の血が流れ出てベランダのコンクリートを汚していく。

死んだのだろうか？　悠紀子が呆然と見つめていると、大久保がのっそりと身体を起こした。ガラスの中から這い出してきた大久保は、全身血まみれだ。

「大久保さん、大丈夫？　ごめんなさい、あたし、そんなつもりじゃなかったの」

声をかけるものの、血が恐ろしくて悠紀子は近づくことができない。

大久保は意識が朦朧としているらしく、定まらない視線を悠紀子の上に泳がせている。その視線が、ふと悠紀子の後ろでとまった。つられて振り返ると、肩で大きく息をしながら颯太が身構えていた。

「さあ、立てよ。もうおしまいか」

「この野郎……調子に乗りやがって……」

挑発に乗ってふらふらと立ち上がった大久保に、颯太がラグビーのタックルの要領で体当たりした。

大量の出血で貧血を起こしていたためか、大久保の身体は簡単に吹っ飛び、ベランダのフェンスに叩きつけられた。

フェンスは悠紀子の身長だと胸までの高さだが、大柄な大久保には腰の辺りまでしかない。颯太がさらに両手で大久保の顎を突き上げる。そこから落とそうとしているのだ。

「や、やめろ……」

身体をのけ反らせながら大久保が弱々しい声で懇願するが、颯太は手を緩めようとはしない。それどころか明確な殺意を持って、さらに反動をつけて腕を伸ばす。

「颯太！　やめなさい！」

「邪魔者は消えてしまえ！」

野太い悲鳴とともに大久保の足がふわりと浮いたかと思うと、血まみれの巨体はもうそこにはなかった。ただ颯太が、両手を膝に置いて、ぜーぜーと苦しげな呼吸を繰り返しているだけだ。

少し遅れて、どこか遠い場所で花火が打ち上げられたかのように、ドーンとくぐもった音が悠紀子の耳に届いた。

その音がなにかのスイッチだったとでもいうふうに、ゆっくりと振り返った颯太の目からは憎悪の色がすっかり消えていた。

「僕、人を殺しちゃったよ」

大久保の血で汚れた手を見つめ、颯太は震える声で言った。

「ねえ、お母さん……。僕、また人を殺しちゃった……」

唇を震わせて頬を涙で濡らしながら、悠紀子に近づいてくる。颯太の弱々しい表情に、胸の奥がざわつく。

「お母さん……」

颯太が泣きながらこちらに両手を伸ばす。また成彦に耳たぶを引きちぎられたあの夜の記憶がフラッシュバックした。

「来ないで！　この化け物！」

部屋の中に轟《とどろ》いた残酷な声を聞いて、悠紀子はぞっとした。それが自分の口から出た声だとは思えなかった。身体が小刻みに震えた。

「お母さん……」

ぴたりと歩みを止めた颯太が、悲しげに首を振った。

「近づかないで！　いったい何人殺したら気がすむの？　今度はあたしも殺すつもりなんでしょ！」

言葉にしてみると、そうとしか考えられなかった。

どうしてさっき、大久保を止めたりしたのだろう。あのまま大久保に颯太を殺させておけばよかったのに……。そうしたら、こんな忌まわしい因縁からは解放されたというのに……。

「お母さん……。ひどいよ、僕はお母さんの子供なんだよ」

颯太は涙を流しながら、再び悠紀子のほうに歩いてくる。

悠紀子はあとずさりしながら、近くにあるものを手当たり次第に颯太に投げつけた。

「あっちへ行け！　あたしに近づくな！　あんたなんかに殺されてたまるもんか！」

憎しみのこもった言葉が、次から次へと口からほとばしり出る。

「僕が……、僕がお母さんを殺すわけないじゃないか！」

颯太は深く傷ついた表情で、顔が膝につきそうなほど身体を曲げて大声で叫び、外に飛び出していった。その後ろ姿を、悠紀子は呆然と見送った。

お母さん……。お母さん……。お母さん……。

颯太の叫びが胸の奥で虚ろにこだまして、悠紀子は自分の胸が空っぽになっていたことに初めて気がついた。

「あの子は、あたしの子供……」

たとえ、成彦の生まれ変わりだとしても、颯太は自分がお腹を痛めて産んだ子供には違いない。頭が混乱してくる。なにがなんだかわからない。ただ、猛烈な罪悪感が悠紀子を飲み込んでいく。

その罪悪感に溺れそうになって一声喘いだ悠紀子の耳に、窓の外がにわかに騒がしくなってくる音が聞こえた。大久保が転落したことに気がついた近所の人たちが集まってきたらしい。

29

明日の予習を終えてノートを閉じようとしたときに、池谷朱里はガラスの割れる音を聞いた。深夜の静寂の中に突き刺さる尖った音。二の腕にさーっと鳥肌が立った。

なにか不吉な予感とともに振り返って、リビングにつながるドアを見た。その向こうに、今夜は誰もいない。朱里の母親は看護師で、今日は夜勤だった。父親は二年前から大阪に単身赴任中のため、部屋の中には朱里しかいない。

子供のころから父は仕事が忙しく、母も夜勤で家を空けることが多かったので、ひとりっきりで夜を過ごすことには慣れていた。母譲りの気丈さで、夜中にひとりでいても怖いと感じたことはなかった。

それなのに、どうしたわけか今夜は心細さが募っていく。

さっきの音は外から聞こえてきた。暗い部屋の中を進み、朱里はリビングからベランダに出る掃出し窓を開けた。そのとたん、男ふたりが言い争う声と女の悲鳴が襲いかかってきた。

この辺りは小さな居酒屋が多いために深夜に酔っぱらいが騒ぐことがあったが、そんな暢《のん》気《き》な叫び声とはまったく違う。

今までに聞いたこともない、切羽詰まった悲鳴だった。

颯太、と名前を呼ぶのが聞こえた。では、叫んでいるのは颯太の母親である悠紀子に違いない。颯太の部屋でなにかあったのだ。

朱里はサンダルも履かずにベランダに飛び出して、フェンスから身を乗り出した。颯太の部屋のほうに顔を向けた瞬間、黒いかたまりがフェンスを乗り越えて落ちていくのが見えた。

遥か下の地上――マンション前の道路に叩きつけられ、地響きのような音が朱里のところにまで届いた。

　誰かが落ちた……。

　朱里が見下ろしているあいだにも、音を聞いてマンションの住人たちが何人もベランダから下をのぞき、通行人たちで道路に人の輪ができていく。さっきまで寝静まっていた街が、にわかに騒がしくなり始めた。

　誰が落ちたのかわからないが、颯太の部屋から落ちたのは間違いない。ふと我に返った朱里は急いで玄関のドアを開けて廊下をのぞいた。

　そのとき、三つ向こうのドアが開き、中から颯太が飛び出してきた。階段のほうに向かって駆けていく。

「ねえ、どこに行くの？」

　朱里が声をかけると、颯太がぴたりと足を止めて振り返った。身体の前面が大量の血で汚れていた。だが、特に怪我をしているふうではない。返り血？　そんな言葉が朱里の頭の中でこだました。

　それに颯太は涙でぐちゃぐちゃになった顔をしている。その様子は尋常ではない。なにかとんでもないことがあったのだ。

「もう僕にかまわないほうがいい」

手の甲で涙を拭うと、颯太は階段へと姿を消した。

「待って！」

とっさに朱里も颯太のあとを追った。

部屋の中でくつろいでいたのでショートパンツにTシャツという格好だったが、気にしている余裕はなかった。なぜだか、このまま颯太を見失うと二度と会えない気がした。喧嘩していたことなど関係ない。

マンションの一階から外に出たときには、走り去る颯太の背中がもう小さくなっていた。このままでは見失ってしまう。朱里はエントランス脇の駐輪場から自転車を出し、それに飛び乗って颯太のあとを追った。

住宅街の中は人気もなく、颯太の足音が大きく響く。音を頼りに、朱里はすぐに颯太に追いついた。

「待って！　ねえ、どうしたの？　なにがあったのよ？」

颯太がちらっと後ろを振り向いた。朱里が追ってきていることに気づくと、顔を背け、さらにスピードを上げた。

「ついてくんなよ！」

「いやッ。ほっとけないよ。いったいなにがあったの？」

朱里も負けじとペダルを漕ぐ。加速し始めたとたん、颯太はいきなり細い路地に飛び込んでしまった。朱里は慌ててブレーキを握りしめた。

スピードを出していたためタイヤがロックし、後輪がずるりと横に滑った。バランスを崩し、地面に叩きつけられた。目の前がチカチカして、すぐに身体の片側が猛烈に熱くなった。

「痛……」

肩を押さえながら、朱里はゆっくりと上体を起こした。すぐ横では倒れた自転車のタイヤが、糸巻き機のようにカラカラとまわっている。

じっと痛みに耐えていると、背後に人の気配がした。振り返った先には、街灯を背に受けて颯太が立っていた。

「大丈夫か？　それにしても派手に転んだものだな」

落ち着いた口調で言う颯太は、普段とはどこか違って見えた。別人かと思って朱里は目を凝らしたが、颯太であることは間違いない。

救急車とパトカーがサイレンをうるさく鳴らしながら、一本向こうの道を猛スピードで走っていった。さっきの転落現場に向かっているのだろう。

颯太は血で汚れた自分の身体を忌々しげに見下ろした。

「こんな格好じゃ人目についてしまうな。歩けるか？」

「うん、大丈夫」

颯太に手を貸してもらって、朱里はなんとか立ち上がることができた。

朱里が屈伸運動をしてみせると、颯太は優しく微笑み、倒れたままだった自転車を起こし、それを押して歩き始めた。

30

地下鉄の駅を出ると、すぐ目の前に片側一車線の細い道路。その左右に商店が並んでいる。時間が遅いため、今はもうどの店もひっそりとシャッターを下ろしていた。

張り出した居酒屋の看板をよけて狭い歩道を歩きながら、秋山美穂は自分の動きがぎこちないことを感じた。膝が震えている。

「しっかりしなさい。今さら怖じ気づいてどうするの？」

自分を鼓舞するように、踵《かかと》を地面に打ちつけた。コンビニのレジ袋を手に持った大学生ふうの男がその気配で振り返り、美穂と目が合うと慌てて顔を背けた。

おそらく険しい顔をしているのだろう。顔の筋肉の強張り具合から、だいたい想像がつく。

美穂は足早にその場から離れた。少し行くと、にわかに人の気配が増してきた。もうそろそろ日付が変わりそうな時間にもかかわらず、颯太のマンションの前に人だかりができている。

人垣のあいだからのぞくと、赤色灯の明かりがまぶしいほどに辺りを照らしていた。美穂はトートバッグを胸に抱え、強く抱きしめた。

パトカーが何台も停まっていて、野次馬たちが立入禁止のテープの内側に入らないようにと警察官たちが目を光らせている。

なにかあったのかしら？

「飛び降りだってさ」

美穂の心のつぶやきを聞いたかのように、人垣の奥から出てきた青いパジャマ姿の中年男が教えてくれた。

飛び降り？　では、この人垣の向こうに潰れた死体があるのだろうか？　想像しただけで貧血を起こしそうになり、美穂は額に手をやった。

そんな美穂の反応を見て、男は満足げに笑みを浮かべ、さらに詳しく付け足した。

「ありゃあ、即死だな。トマトを床に叩きつけたみたいに潰れちまってるんだもんな。さすがに七階から落ちたら、人間だってああなっちまうんだねえ」

……七階？　颯太の部屋も七階だ。見上げてみると、颯太の部屋のベランダで鑑識らしき人影が指紋を採っているのが見える。

まさか、颯太が……。足の裏に大きな穴が開き、そこから全身の血が一気に抜けていく感覚に襲われた。

美穂は話しつづける男を無視してマンションの入口に向かった。黄色いテープをくぐって中に入ろうとした美穂の前に、制服姿の若い警官が立ち塞がった。

「こちらの住人の方ですか？」

「いえ、違います」

「じゃあ、勝手に入らないでください。現場検証が終わるまでは立入禁止にさせてもらってますので」

「あの……、飛び降りがあった部屋って、七〇三号室じゃないですか？」

「そうですが？」

警官の顔に怪訝《けげん》そうな表情が浮かんだ。

「私、その部屋に住んでいる白石颯太君の担任をしている秋山美穂という者です」

「これは失礼しました。少々お待ちください」

警官はマンションの奥に駆けていき、すぐにスーツ姿の初老の男を連れて戻ってきた。目つきからして若い警官とはまったく違う。顔が分厚いゴムでできているみたいな印象を受けた。

　持ち場に戻るように言われた警官は、恐縮した様子で敬礼して走り去った。

「白石颯太君の担任の先生ですか？　私は警視庁の加納《かのう》といいます。さっそくですが、颯太君の居場所の見当はつきましたでしょうか？」

　加納はメモ帳を取り出して鉛筆の先をぺろりと舐めた。

「じゃあ、落ちたのは悠紀……お母様のほうだったんですか？」

「は？　あなたは学校から連絡があっていらしたんではないんですか？」

　加納は美穂の言葉に失望したようだったが、表情は少しも変わらなかった。ただ、眼光が少し鋭くなった。

「すみません。今日は学校とは連絡を取ってなかったもので……」

　颯太に退行催眠を施した次の日から、体調不良と偽ってずっと学校を休んでいた。

　悠紀子がひとりっきりになるのを見計らい、クリニックを休診にさせて無理やり付き合わせていた宮下に成彦のふりをして電話をかけてもらうためだ。もっとも、颯太と顔を合わせるのがつらいという思いもあった。

　疑わしげに観察している刑事の視線を受けながら、美穂はつづけた。

「それで、お母様が亡くなったんですか？」

「落ちたのは、母親でもありません。今身元の確認をしているところですが、中年の男性です。おそらく母親が経営しているスナックの馴染み客だろうと思われますが」

「どうしてそんな人が白石君の部屋から転落なんて……」

「それは現在、捜査中です。事実を早く明らかにするためにも、私たちは颯太君とお母さんの行方を捜しているんですよ。担任の先生にも、ふたりが行きそうな場所に心当たりがないか、おうかがいしたかったんですがね」

「ふたりとも行方がわからないのですか？　じゃあ、ひょっとして……」

「まあ、重要参考人ということですな。しかも、颯太君にはもう一件、容疑がかかっている事件がありますからね」

「もう一件の容疑？」

「彼は未成年なんであんまり公にするわけにはいかないんですが、学校のほうには連絡してありますし、担任の先生ならいろいろ協力してもらわなければなりませんからね」

そう自分を納得させるように言うと、刑事はもう美穂から聞き出すことはないと判断したらしく、メモ帳を閉じてスーツの内ポケットに入れながら話をつづけた。

「西荻窪の精神科医殺しの容疑がかかってるんですよ。ニュースを見ませんでしたか？　あちこちのテレビ局が取材に来てたから、たぶん大きく報道されていると思うんですがねえ。

その件でこちらにうかがったら、ちょうど男性が転落死したということで大騒ぎになってましてね。白石さんのお宅を訪ねると、部屋の中が荒れていて、どうやらそこのベランダから転落したらしいので、ふたつの事件にはつながりがあるのではないかと考えて捜査しているところなんです」

「精神科医って……。その殺された精神科医の名前はわかりますか？」

「確か宮下和也といったかな。ご存じですか、その人」

まわりの景色が一気に遠ざかった。すべての音が消え、虚空の中にポツンと自分だけが存在しているように感じた。

「どうしました？　顔色が悪いですよ」

刑事の声が驚くほどすぐ近くから聞こえ、美穂を野次馬の喧噪の中に呼び戻した。

「いいえ、大丈夫です。あ、あのぉ、……わ、私、白石君を捜してみます」

きびすを返した美穂を刑事が呼び止めた。

「あ、ちょっと待ってください。あなた、なにか用があって訪ねてきたんではないんですか？　事件のことを知らなかったというのに、こんな時間に生徒の家を訪ねてくるなんて、妙じゃないですか」

美穂は刑事の言葉を無視して走り出した。まだ背後でなにか言っているのが聞こえたが、事件とは無関係だと判断されたのか刑事が追ってくることはなかった。

あぶないところだった。こんなところで足止めを食っている場合ではない。しつこく追及されると、いろいろ面倒なことになってしまう。

しばらく走ってから、美穂は足をとめた。慌てて逃げてきたために、自分がどこにいるのかわからなくなってしまった。周囲を見まわして、美穂は突然、既視感に襲われた。

「ここって……」

馴染みのない場所だと思っていたが、なぜだか遠い昔にこの道を通ったことがあるような気がする。

大きなイチョウの木がある神社。古ぼけた小さな図書館。その手前の五叉路……。幼いころの記憶が蘇ってくる。

「やっぱりそうだわ。だったら、きっと……」

美穂は思い出の詰まったその場所に向かって走り始めた。

31

真夜中の廃墟——誰も住んでいない社宅の中庭は、ひっそりと静まり返っていた。

街灯もないので暗いのだが、遠くのビルから届く光が月明かりのように辺りを優しく照らしている。

朱里はカバのベンチに腰掛けていた。ゾウのベンチは颯太のお気に入りだから、いつの間にかカバのベンチが朱里専用になっていた。だが、今はゾウのベンチには誰も座っていない。

ちょっと待ってて、と言って颯太が建物の向こうに消えてから、ずいぶん時間が経っているような気がした。場所が場所だけに、ひとりっきりでいるとどうしようもなく心細くなる。

「颯太君」

呼んでみたが返事はない。とたんに不安が大きくなった。

「ねえ、颯太君！　どこにいるのッ？」

「なんだよ。小さな子供じゃあるまいし」

建物の陰から颯太が姿を現した。取り乱したことが恥ずかしくて、朱里の口調がきつくなる。

「だって、全然戻ってこないから、どっかに行っちゃったんじゃないかと思ったの」

「ちょっとハンカチを濡らしに行ってただけだよ。当たり前だけど、水道は全部止められてるんだよね。駐車場の向こうの水飲み場まで行っちゃったよ。ほら」

颯太がハンカチを差し出した。水が滴り落ちている。

「なに見てるんだよ？　ほら、膝んとこ擦り剥いてるよ。僕に拭けっていうの？　しょうがないなあ」

言われて見ると、確かに膝が擦り剥けて血が滲んでいた。

颯太がしゃがみ込み、水をたっぷりと含んだハンカチで傷口を拭ってくれた。父親が小さな子供にしてやっているみたいだ。恥ずかしがり屋の颯太に、そんなことができるなんて意外だった。

その横顔を見ていると、朱里を置いてけぼりにして、颯太ひとりだけが急に大人になってしまったように感じられた。

特に見た目が変わったわけではない。身体の内側から滲み出るものが変わったのだ。不意にあの日の情景が思い出された。秀島洋二のもとを一緒に訪ねた日のことだ。あの日も、颯太は瞬間的に別人になってしまった……。

「どうかしたか？」

朱里がじっと見つめていると、颯太が居心地悪そうに訊ねた。

朱里は幼なじみの颯太を疑いの目で見つめていたことに気がついた。申し訳ない思いになりながらも、確かめないではいられない。

「あなた、誰？」

「僕は白石颯太さ」

「嘘。颯太君じゃない」

颯太は表情を硬くした。立ち上がり、ハンカチを握りしめた。血の混じった水がポタポタと地面に滴った。

この男は颯太ではないと思いながらも、不思議と朱里の心に警戒心は湧かなかった。ずっと昔から知っている人物であることには違いないと感じられるのだ。

「どこから話せばいいかな」

そう言うと、颯太はゾウのベンチに腰掛けた。長い話になるということなのだろう。

「あなたは誰？　本当に颯太君なの？　それをまず聞かせて」

「どうしてみんな、そのことを気にするんだろうね」颯太は短く笑った。「僕は颯太だけど、同時に鯉沼成彦でもあるんだ」

「……鯉沼成彦って？」

「颯太として生まれてくる前の名前さ」

照れる様子もなく、はっきりと言ってのける。頭が混乱し、颯太の言葉が理解できない。

「わかんない。なにを言ってるのか、全然わかんない」

「つまりね、白石颯太は前世では鯉沼成彦っていう人だったんだよ。そのとき、僕は悠紀子さんを猛烈に愛した。だけど、彼女は僕を受け入れてはくれなかった。秀島洋二とグルになって僕をはめたんだ。僕は彼女たちに、山に生き埋めにされた。そのせいで、今でも真っ暗闇が怖いぐらいだ」

　信じられない話だったが、颯太の口調は嘘や冗談を言っているとは思えない。もちろん、気が狂っているようにも見えない。なぜだか颯太の荒唐無稽な話を受け入れている自分がいた。

「前世で殺されたんだったら、お母さん……悠紀子さんを恨んでるの？」

「いいや。恨むわけないじゃないか。彼女に対する僕の愛は永遠さ。前世で結ばれなかったからこそ、今世でそのぶんまで彼女を愛したいと思っているんだ」

　そして、颯太は……、いや、鯉沼成彦は自分がどれだけ悠紀子を愛していて、ふたりが結ばれることがいかに必然か、そのために邪魔な人間を三人も殺したが、それは仕方なかったのだということを滔々《とうとう》と話しつづけた。

　聞いているうちに、どうしたわけか朱里は腹を立てている自分に気がついた。

「ちょっと待ってよ。愛してる、愛してるって、あの人のどこがそんなに好きなのッ？　だってひどい女じゃない。確かに美人だとは思うけど、あなたをだまして、殺して、息子として生まれ変わってきてからもひどい仕打ちばっかり。それなのにあなたは、あの人のことを愛してるっていうの？」

「そんなこと、全然問題じゃないよ。好きとか嫌いとか、美人だとかそうじゃないとか、心が優しいとか冷たいとか、そんな低いレベルの話じゃないんだ。僕と彼女はきっともともとはひとつだったような気がするんだ。それが無理やり引き離されて、輪廻転生の渦の中に投げ込まれた。僕は失われた自分のもう半分を探し求めているんだよ」

颯太の口から出た自信に溢れた言葉に、朱里はそれ以上反論することができなかった。その苛立ちを違った形でぶつけた。

「ちょっと待ってよ。鯉沼さんって人が悠紀子さんのことを愛するのは勝手よ。だけど、それじゃあ、颯太君はどこに行ったの？」

「ここにいるよ」

突然、颯太の顔つきが変わった。朱里の心臓がドキンと鼓動を刻んだ。そこに座っているのは、紛れもなく颯太だった。

「今話していたこと、覚えてる？」

「うん。もちろん覚えてるさ。不思議な感じだよ。ここ一ヶ月ぐらい、自分じゃない人格にときどき身体を乗っ取られているように感じていたんだけど、今はそうは感じない。僕と鯉沼成彦はひとつに溶け合いつつあるみたいなんだ。今話してたのも、誰かが僕の身体を使ってしゃべってたわけじゃなく、確かに僕がしゃべってたんだという実感もあるし」

「ひとつの身体に魂がふたつ入ってるってことなの？」

「そうじゃない。僕と鯉沼成彦は同じ魂を共有しているんだ」

「じゃあ……。あなたが鯉沼成彦って人の記憶を完全に取り戻したとしても、颯太君は消えてしまわないのね？」

「僕だってすべての仕組みを理解してるわけじゃないけど、朱里と一緒に遊んだ記憶だってちゃんとあるよ。懐かしく思い出せるさ。ここで僕がひとりで泣いていたとき、朱里が慰めてくれたよね。あのときは本当にうれしかったよ。今世で初めて友達ができたわけだものね」

声が二重に聞こえる。あたかも少年から大人に変わる時期の微妙さのように、魂は颯太と成彦の中間を揺れ動いているのだ。ふたりはもうすぐ完全に溶け合い、ひとつの人格になるのだろう。

だが、まだ完全に信じることはできない。

「やっぱりだめ。そんなの嘘よ。生まれ変わりだなんて……。颯太君、病気なんだよ。多重人格ってやつよ。アメリカじゃそういう人って珍しくないんだって。テレビのドキュメンタリーでやってるのを観たことあるもん」

「病気なんかじゃないよ。あの精神科医——宮下って医者も、そう認めてくれた。それに、みんな誰かの生まれ変わりなのに、そのことを覚えていないだけなのさ。前世でも、愛する人や家族があって、でも果たせない思いもあって、生まれ変わってでもその思いを果たそうとするんだ。それなのに、生まれてくるときの苦しみで、全部忘れてしまう……」

経験したことを語っているだけだという確信に満ちた颯太の言葉に、朱里はもう黙り込むしかなかった。

「だけど、大久保を殺してしまったのはまずかった。状況が状況だから、きっと警察は誰かがあいつを突き落としたと考えるだろう。悠紀子さんが疑われてしまうかもしれない。彼女を置いて逃げ出してくるなんて……。このまま悠紀子さんをひとりにしておくわけにはいかない。僕は行かなければ」

そう言うと、颯太はゾウのベンチから立ち上がった。

「どこに行くの？」

「悠紀子さんのところだよ。マンションに帰るんだ」

「私も行く」

「僕と一緒にいないほうがいい。僕は今世で三人もの人を殺した殺人鬼なんだから。朱里には迷惑をかけられない」

「どうして？　迷惑かけてくれていいじゃない。私だって、あなたと運命の赤い糸で結ばれてるかもしれないのに」

颯太は目を見開いた。しばらくじっと見つめ合ってから首を左右に振り、小さく微笑んだ。

「ありがとう。ひょっとしたら、また来世で会うかもしれないな」

「颯太君……」

遠くのビルから届く微かな光に照らされた颯太の姿は、何人もの人間のシルエットが重なり合っているかのように滲んで見えた。それは朱里の瞳から大量の涙が溢れていたからだけではないはずだ。

「さよなら、朱里。僕はもう行くよ」

「その必要はないわ」

颯太の言葉に、女の声が被さった。颯太の視線が朱里の背後に向けられる。振り返ると、そこには悠紀子が立っていた。

32

悠紀子の姿を見たとたん、颯太は雷に打たれたように全身に衝撃が走るのを感じた。ふたりの魂が強烈に反応し合っている。やはり悠紀子は運命の女だと颯太は確信した。

「今ごろマンションは警官だらけよ」

大久保の血で汚れた服を隠すためか、悠紀子は大きめのジャケットを羽織り、前を両手で重ね合わせている。

「おばさん……。どうしてここが？」

ゆっくりと近づいてくる悠紀子に、朱里が消え入りそうな声で訊ねた。顔は颯太のほうに向けたまま、悠紀子は朱里を横目で見た。唇に自嘲的な笑みが浮かぶ。

「あたしは颯太の母親なのよ。自分の子供がどこで遊んでいるか、気にならないと思う？あたしがつらく当たってしまったとき、いつも颯太がここに来ていたことは知っていたわ。颯太のことが心配で、フェンスの外でずっと待っていたこともあったのよ」

悠紀子の大きな瞳が颯太に向けられる。そこに涙がたまっていく。ぽろりとこぼれて頬を伝う。小さくかぶりを振って、悠紀子は震える唇で言葉をつづけた。

「ごめんなさいね、あなたの愛を受け入れてあげられなくて……。あたしが悪かったわ。あたしのために、ずいぶん苦しんだんでしょうね。たとえ誰の生まれ変わりであろうとも、あたしの子供には違いないのにね……」

胸の奥が痙攣する。こみ上げてくる嗚咽《おえつ》を、颯太はこらえきれない。悠紀子の愛情を初めて感じた。いいものだ。運命の女性から愛されるってことは、こんなにもいいものなのか。

朱里の視線を横顔に感じながらも、颯太はまっすぐに悠紀子を見つめていた。

いったいいつから、この瞬間を待ち望んでいたのだろうか？　覚えていないだけで、ひょっとしたら前世だけでなく、その前世の、さらにその前世の、もっともっと以前から、何度も生まれ変わりながら彼女を追い求めていたのではないだろうか。

永遠にも思える長い時間の果てに、今ようやく思いが叶えられようとしているのだ。

手を伸ばせば触れられそうなほど近くまで、彼女は歩み寄っていた。潤んだ大きな瞳。そこに自分の姿が映っている。

贈り物を受け取るときのように、颯太は遠慮がちに両手を伸ばした。

「わかってくれたんですね。僕たちが運命の男と女であることを」

颯太の問いかけに、悠紀子は目を伏せて小首を傾げてみせた。ふらりとよろめき、大きくひろげられた颯太の腕の中に飛び込んでくる。颯太は悠紀子を強く抱きしめた。

「ごめんね、颯太」

悠紀子の囁きとともに、颯太の脇腹が熱くなった。手を触れると、ぬるりとした感触があった。なにか硬い異物が自分の肉体の中に感じられた。それは包丁だった。悠紀子に刺されたのだ。

悲鳴が聞こえた。朱里だ。両手で口を覆い、身体を深く折り曲げて甲高い悲鳴を上げている。

うるさいなあ。耳障りだ、静かにしろよ。今大事なところなんだから。心の中で朱里に毒づいてから、颯太は訊ねた。

「どうして？　どうして、僕じゃだめなんですか？」

内緒話をするつもりはなかったが、悠紀子の耳元で囁く形になった。

「だめなの……。やっぱりあたしは、あんたの気持ちを受け入れられない……。理由なんて、わからない。あんたがあたしを追いかけるのが運命なのだとしたら、あたしはあんたから逃げるのが運命のような気がするの」

悠紀子も囁き返してくる。耳の穴がくすぐったい。

言葉の内容とは裏腹に悠紀子の声は愛おしげに響き、颯太の心をむず痒くした。そのあいだにもポタポタと血が滴り落ち、足元にたまっていく。

「なにしてるの！」

尖った叫び声とともに、いきなり悠紀子の身体が引き剝がされた。勢いあまって悠紀子は地面に転倒し、支えをなくした颯太もその場に座り込んだ。

見上げると、秋山美穂が大きく肩で息をしていた。

「……美穂か」

「大丈夫？」

その場に膝をついて颯太の身体にそっと手を添え、美穂は少し迷ってから「お兄ちゃん」とつづけた。

颯太は脇腹を押さえていた手をのけてみた。傷は思ったほど深くはない。我が子を思う心が、最後の一線を越えるのを邪魔したのだろう。

「お兄ちゃん、やっぱりここにいたのね？」

「どうしてわかった？」

「ここは私にとっても思い出深い場所なのよ。だけど本当に小さなころだったから、場所の記憶は曖昧で、こんなに近くだったなんてさっきまで気づかなかったの。でも、まさかこの建物がまだ残ってるとは思わなかったわ」

美穂の懐かしそうな声が場違いに響いた。

成彦と美穂は子供のころ、両親とともにこの社宅に暮らしていたのだ。その後、一戸建ての家を購入して家族が引っ越したのが、成彦が十七歳、美穂が六歳のときだ。

最初にこの廃墟を見つけたときは、成彦としての意識は颯太の心の奥に押し込まれていたので、そのことには気づかなかった。ただ、妙に心が安まる場所だと思って、颯太はひとりで遊びに来ていた。

自分は前世でこの場所に住んでいたのだと颯太が思い出したのは、つい最近のことだった。

「お兄ちゃん、覚えてる？　私、ちょうどここでお兄ちゃんに自転車の乗り方を教えてもらったの。一生懸命がんばって補助輪を外すことができたあと、実はお兄ちゃんは自転車に乗れないってお母さんから聞かされて、『ずるい！』って大騒ぎしたことがあったわよね」

成彦は自転車を買ってもらい、よろこんで練習しているときによろけて車道に飛び出し、車にはねられたことがあった。幸い怪我はたいしたことはなかったが、それ以降、自転車に乗ろうとすると身体が強張り、ペダルを踏んでバランスを保つことができなくなったのだ。

当時はまさか、来世でまで自転車に乗れないとは思いもしなかった。

「そんなことをよく覚えていたな」

颯太が脇腹を押さえたまま苦笑すると、美穂はほっとしたような優しい笑みを浮かべた。

「ねえ、兄妹の再会はそれぐらいにしておいてもらえないかしら」

忌々しげに言って、悠紀子は身体を起こした。手には刃渡り二十センチはある包丁を持っている。根元まで突き刺されていれば、間違いなく颯太は死んでいただろう。

だが、美穂はまったく怯む様子はない。それどころか、すっくと立ち上がり、悠紀子を睨みつけた。

「私たち家族の幸せを壊したあなたを許さないわ。両親や兄だけじゃなく、宮下さんまで……。自分は関係ないとは言わせないわよ。あなたさえいなければ、こんなことにはならなかったんだから。死体が見つからなくてあなたの罪を法律で裁けないなら、私がこの手で制裁を加えてやる」

美穂はトートバッグの中から果物ナイフを取り出した。最初から悠紀子を刺すつもりで用意していたらしい。ふたりの女が鈍い光を放つ刃物を手に睨み合う。

「美穂、やめろ！」

止めようと立ち上がった瞬間、傷口を激痛が襲い、颯太は再びその場に倒れ込んだ。

「あっ」と短く漏れた声とともに、悠紀子の注意が一瞬だけ颯太に向けられた。その隙を逃さずに、美穂が果物ナイフを振りまわしながら悠紀子に襲いかかる。

とっさに頭をかばった悠紀子の腕を刃先が切り裂いた。包丁が地面に落ち、硬い音を立てた。悠紀子が腕を押さえながら地面にしゃがみ込む。

「悠紀子さん！」

颯太の叫びに、美穂が振り返った。憎悪に燃えた目。全身が凍りつくぐらい恐ろしい目だ。

さっき颯太を見つめていた優しい眼差しとは、まったく別物だった。

すぐにまた美穂は悠紀子に向き直り、果物ナイフを逆手に握り直すと、力いっぱい振り下ろした。悠紀子の肩に銀色の刃が深く突き刺さる。

耳を塞ぎたくなるような悲鳴が廃墟に響いた。

「死ね！　死ね！　死ね！」

長年の恨みがこもった呪いの言葉を繰り返しながら、美穂はさらにナイフを何度も何度も振り下ろしつづけた。

「よせ、美穂！」

我に返った颯太は傷口を手で押さえたままふたりに駆け寄り、落ちていた包丁を拾い上げた。なんの迷いもなく、それを美穂の背中に突き刺す。身体をのけ反らせ、美穂は苦しそうな声を絞り出した。

「お兄ちゃん……どうして？　私はお兄ちゃんのために復讐しようとしているのよ」

「そんなことをしてもらう必要はない」

颯太が包丁を引き抜くと、美穂はよろけながらこちらを振り返った。

「やっと会えたのに……」

悲しげに唇を震わせ、こちらに向かって両手を差し出す。

颯太はその両腕のあいだに滑り込むようにして、今度は美穂の心臓目掛けて包丁を突き刺した。美穂の口からゴボッと血が溢れ出る。

「僕と悠紀子さんの邪魔をするやつは許さない。それが美穂であってもだ」

颯太がもう一度包丁を引き抜くと、美穂はその場に頽れた。もうピクリとも動かない。絶命したようだ。

それを一瞥《いちべつ》し、颯太はすぐに悠紀子に駆け寄った。

「大丈夫ですか？　しっかりしてください」

地面に膝をつき、悠紀子を抱え起こした。

悠紀子はもともと色白だが、それとは比べものにならないぐらい顔から血の気が失せていた。目の焦点も合っていない。すぐ近くから見つめているのに、悠紀子の瞳は颯太の身体を通り過ぎてどこか後ろのほうを見ている。

「悠紀子さん、僕が見えますか？」

自分の腕の中で今にも息絶えようとしている悠紀子に囁きかけた。それに応えるように、血の通わなくなった悠紀子の唇が微かに動く。

「なんですか？　なにが言いたいんですか？」

颯太が問いかけると、悠紀子は消え入りそうな声で言った。

「残念だったわね。あたしは、もう死ぬわ。だから、あんたのものには絶対にならない。あの女に感謝しなきゃ。……さようなら」

最後にほっとしたような笑みを浮かべると、悠紀子は静かに目を閉じた。がくりと頭が後ろにのけ反り、全身が弛緩した。魂が抜け出たのだ。残ったのは入れ物でしかない、ただの肉体だけだ。

「悠紀子さん……。今世でも一緒になれなかったですね。だけど、大丈夫です。いつの日か、きっと生まれ変わってきて一緒になれますから」

生まれ変わりの仕組みを知ってしまった成彦にとっては、死ぬことは少しも怖くなかった。死はただ生をリセットすることに過ぎない。もう一度、悠紀子と一緒に人生をやり直せばいいだけだ。

颯太はそっと悠紀子の亡骸《なきがら》を地面に横たえた。後ろで、放心状態で立ちつくしていた朱里が息を呑む気配が感じられた。

颯太は朱里に見せないように、背中を向けたまま包丁を自分の喉に当てた。躊躇することなく、横に引く。喉元が焼けるように熱くなり、切り裂かれたところから勢いよく血が噴き出した。朱里の悲鳴が辺りに響きわたる。

「颯太君！　いやー！　いやー！」

そんなに悲しまないでくれよ。別にこれで終わりってわけじゃない。僕はまた生まれ変わってくるんだから。

目の前が暗くなってくる。身体がぐらりと揺れた。前のめりに地面に倒れ込んだ。身体が暗い穴の中に落ちていく感覚。落下は速度を増し、颯太の皮膚、肉、内臓、骨と順番に削ぎ落としていく。やがて最後に小さな光の珠だけになった。

よけいなものがなくなった光の珠が、今度は上昇を始める。廃墟の中の血にまみれた公園。重なり合う颯太と悠紀子の亡骸。嘆き悲しんでいる朱里と、美穂の死体。その様子を眺めながら、さらに上昇をつづける。

光はますます強烈になり、辺りのすべてを飲み込んでいく。やがて上がっているのか下っているのかもわからなくなり、成彦としての意識も、颯太としての意識も、すべてが白い光に溶け込んでいく。

「悠紀子さん、必ずあなたに会いに行きますからね」

完全に意識が消えてしまう直前に、光の珠の中でそうつぶやいた。

エピローグ　十二年後

比良山文也《ひらやまふみや》は廊下からガラス張りの新生児室の中をのぞき込んでいた。

「凪沙《なぎさ》、パパだぞ。気分はどうだ？」

ガラス越しなので声が届かないことはわかっていても、話しかけないではいられない。娘の寝顔を見ていると、ついつい顔がほころんでしまう。生まれたばかりの赤ん坊なんて、みんな猿みたいな顔をしているものなのに、親の欲目か、凪沙だけは気品を漂わせた美しい顔をしていた。将来はきっと恐ろしいほどの美人になることだろう。

「比良山さん、また見てるんですか」

あきれたような冷やかすような言い方で、看護師の奥田麻奈美《おくだまなみ》が言った。

女性というより、女の子といったほうがしっくりくる、まだ二十歳《はたち》そこそこの可愛らしい看護師だ。産婦人科に勤務しながらも、麻奈美は若すぎて子供を持つ親のよろこびがまだ実感できないのだろう。

「いくら見てても飽きることなんてないですよ。奥田さんも見てやってくださいよ。ときどきにこにこ笑ったりするんですよ」

麻奈美も比良山と並んで新生児室の中をのぞき込んだ。

「あ、ほんとだ。笑ってるわ。可愛い！　夢でも見てるんじゃないですか？　胎教《たいきょう》でいろいろ話しかけてあげたんでしょう？」

麻奈美の横顔を見ていると、自分の娘もこんなふうに明るく可愛い女の子に成長してほしいと強く思った。だが、その可愛さにつられて、どうしようもない男たちが何人も寄ってくるはずだ。

「この子が大きくなって、ボーイフレンドを連れてきたらどうします？　比良山さん、怒って追い返しちゃうんじゃないですか？」

比良山の考えていることを見透かしたように言って、麻奈美が笑った。

冗談で言っているのはわかるが、本当にそんなときが来ることを思うと笑い飛ばすこともできなかった。

「今からそんなことは考えたくないですね。でもまあ、ずっと僕だけの凪沙でいてほしいかな」

比良山の話を聞いて、麻奈美は面白そうに笑っている。男親はみんなこんな態度を取るものなのだろう。

「なに馬鹿なことを言ってるのよ。いい加減にしなさい」

横から声が聞こえた。親愛の情がこもった、やわらかい声だ。

「あら、歩いて大丈夫ですか？　無理しちゃだめですよ」

麻奈美が心配そうに言った。若い女の子の顔から看護師の顔に戻っている。

「大丈夫よ。この人だけに楽しい思いをさせるために、がんばって産んだわけじゃないもの。私だって、赤ちゃんをもっと見たいわ」

ピンク色の入院着を着た妻が、壁に手をつきながらこちらに近づいてくる。出産したばかりなので、まだ少しつらそうだ。比良山は駆け寄り、妻に手を貸してやった。

「ほんと、可愛いわ」

ガラスに額がつきそうなほど顔を近づけ、妻がしみじみと言った。目を細め、じっと新生児室の中をのぞき込んでいる。比良山も妻の横に並んで可愛い娘の顔を見つめた。本当に天使のようだ。

だが、一点だけ気になることがあった。左の耳たぶが、まるで動物に噛みちぎられたかのように、いびつに欠けているのだ。医者に訊ねたら、特に先天異常とかいったものではないらしいが、それが原因で苛《いじ》められはしないかと、そのことが心配だった。

「あっ、笑ったわ」

「さっきから夢を見ているみたいで、眠りながら笑ってるんだ」

比良山は自分の大発見を自慢した。その直後、いきなり赤ん坊が泣き始めた。小さな拳を握りしめ、苦しげに顔を歪めている。ガラスを通して、泣き声が微かに聞こえてくる。

「どうしたのかしら？」

「今度は怖い夢を見てるんじゃないかな」

「怖い夢ねえ……。あなたに結婚を邪魔される夢でも見てるんじゃないの？　ほんと、父親は娘のことになると親馬鹿ぶりを発揮するからね。じゃあ、息子は私のものよ。もしもガールフレンドを連れてきたりしたら、塩を入れたコーヒーを出してやろうかしら」

「おいおい、冗談はよせよ。だけど、おまえだったら本当にやりかねないから怖いよ。一樹《かずき》、おまえは大変なママのところに生まれてきたな」

泣きつづけている凪沙の隣で気持ちよさそうに眠っている息子に向かって、比良山はつぶやいた。

一樹の耳たぶはごく普通だったが、喉のところに赤い線がうっすらと刻まれているように見えるのが、やはり友達に苛められはしないかと気がかりだった。

「可愛い双子だから、ご両親に愛されすぎて、どっちの子も大変そうですね」

天真爛漫《てんしんらんまん》な笑顔でそう言うと、麻奈美は「あんまりサボってたら師長さんに怒られちゃう」と言い残して立ち去った。

「気楽なこと言ってるよな。双子は可愛さも倍だけど、食費や教育費だって倍かかるんだからな」

「頼りにしてるわよ、パパ」

妻が比良山の腕にしがみつき、肩に頭を寄りかからせた。目はまっすぐに子供たちに向けられている。これから家族三人を養っていかなければいけないのだから責任重大だ。それこそ身が引き締まる思いだ。

「まあ、俺に任せとけよ。一生懸命、働くからな。愛してるよ、朱里」

比良山は妻の肩をそっと抱き寄せ、ふたりで並んで子供たちを見つめた。

「一樹は誰にも渡さないわ」

ぽつりとつぶやいた朱里の声が、なぜだか比良山にはいくつもの声が重なり合っているように聞こえた。

この作品は書き下ろしです。原稿枚数404枚(400字詰め)。

幻冬舎文庫

●最新刊
秘録・公安調査庁 アンダーカバー
麻生　幾

公安調査庁の分析官・芳野綾は、武装した中国漁船が尖閣諸島に上陸するという情報を入手。それは日本を国家的危機に引き込む「悪魔のシナリオ」だった！　ノンストップ諜報小説。

●最新刊
明日なき暴走
歌野晶午

報道ワイド「明日なき暴走」のヤラセに端を発する連続殺人。殺人鬼はディレクターの罠に嵌り生中継で犯行に及ぶのか。衝撃の騙し合いクライム・サスペンス！（『ディレクターズ・カット』改題）

●最新刊
辻宮朔の心裏と真理
織守きょうや

あれから七年——今度は被害者全員が吸血種の連続殺人が発生。簡単には死なない吸血種を、誰が何の目的で、どうやって殺しているのか。再び遠野と朱里のコンビが臨場するが。シリーズ第二弾！

●最新刊
殺人依存症
櫛木理宇

息子を六年前に亡くした捜査一課の浦杉は、その現実から逃れるように刑事の仕事にのめり込む。そんな折、連続殺人事件が勃発。捜査線上に、実行犯の男達を陰で操る女の存在が浮かび上がり……。

●最新刊
引火点 組織犯罪対策部マネロン室
笹本稜平

仮想通貨取引所に資金洗浄の疑いが持ち上がる。マネロン室の樫村警部補が捜査する中、調査対象の女性ＣＥＯが失踪する。彼女が姿を消したのは自らの意志なのか。疾走感抜群のミステリー。

幻冬舎文庫

●好評既刊
レッドリスト
絶滅進化論
安生　正

都内で謎の感染症が発生。厚生労働省の降旗と、感染症研究所の都築は原因究明にあたる。地下鉄構内の連続殺人など未曽有の事件も勃発。混乱を極めた東京で人々は生き残ることができるのか？

●好評既刊
夏の手
大橋裕之

「今年は夏が日本にこないんだよ。夏さんがこないと日本は夏にならないって」。みっちゃんが教えてくれた。だったら、夏さんをぼくらで連れてこようぜ！　ずっと忘れられないひと夏の冒険。

●好評既刊
口笛の上手な白雪姫
小川洋子

公衆浴場の脱衣場にいる小母さんは、身なりに構わず、おまけに不愛想。けれど他の誰にも真似できない口笛で、赤ん坊には愛された――。偏愛と孤独を友とし生きる人々に訪れる奇跡を描く。

●好評既刊
十五の夏　上・下
佐藤　優

1975年夏。高校合格のご褒美で、僕はたった一人でソ連・東欧の旅に出た――。今はなき〝東側〟の人々と出会い語らい、食べて飲んで考えた。少年を「佐藤優」たらしめた40日間の全記録。

●好評既刊
森瑤子の帽子
島﨑今日子

38歳でデビューし時代の寵児となった作家・森瑤子。しかし活躍の裏では妻・母・女としての葛藤を抱えていた。作家としての成功と孤独、そして日本のバブル期を描いた傑作ノンフィクション。

寄生《きせい》リピート

清水《しみず》カルマ

令和2年10月10日　初版発行

発行人――――石原正康
編集人――――高部真人
発行所――――株式会社幻冬舎
〒151-0051東京都渋谷区千駄ヶ谷4-9-7
電話　03(5411)6222(営業)
　　　03(5411)6211(編集)
　　振替00120-8-767643
印刷・製本―株式会社　光邦
装丁者――――高橋雅之

幻冬舎文庫

ISBN978-4-344-43027-3　C0193　し-47-1

幻冬舎ホームページアドレス　https://www.gentosha.co.jp/
この本に関するご意見・ご感想をメールでお寄せいただく場合は、
comment@gentosha.co.jpまで。